写真はJ. P. Charbonnierによる
(提供Réalité誌　日本語版ダイヤモンド社刊)

マラケシュの声

エリアス・カネッティ
岩田行一 訳

法政大学出版局

エリアス・カネッティ
1905年，ブルガリアのスパニオル(15世紀にスペインを追われたユダヤ人の子孫）の家庭に生まれ，少年時代をヨーロッパ各地で過ごし，ヴィーン大学で化学を専攻，のちイギリスに亡命し，群衆・権力・死・変身をテーマにした著作をドイツ語で発表．代表作に，ライフワークであり，著者自ら「物語る哲学」と呼ぶ，哲学と文学の境界を取り払った独創的な研究『群衆と権力』(1960)，カフカ，H.ブロッホ，ムージルと並んで今世紀ドイツ語文学を代表する長篇小説『眩暈』(35，63)がある．また，30年代に書かれ不条理演劇の先駆をなす2篇と戦後の逆ユートピア劇1篇を収めた『戯曲集』(64)，モロッコ旅行記『マラケシュの声』(68)，ドイツ散文の珠玉と評されるアフォリスム集『人間の地方』(73)・『時計の秘心』(87)，戦後の文学的代表作となった自伝三部作『救われた舌』(77)・『耳の中の炬火』(80)・『眼の戯れ』(85)等がある．1994年8月14日チューリヒで死去，89歳．なお．上記の書のほか邦訳はすべて法政大学出版局から刊行〔予定〕されている．
1981年度ノーベル文学賞受賞

ヴェツァ・カネッティのために

目次

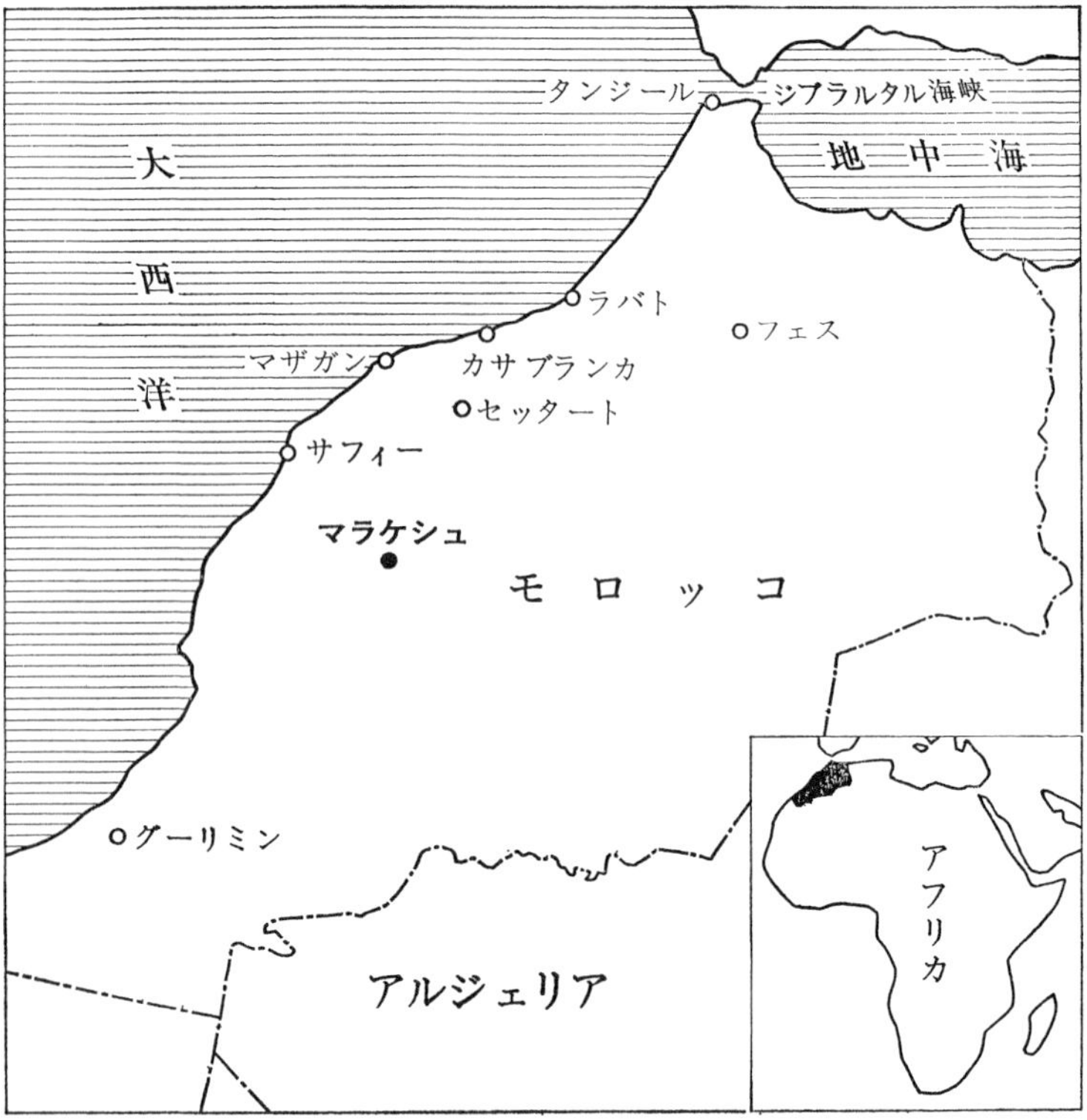
タンジール
ジブラルタル海峡
地中海
大西洋
ラバト
フェス
マザガン
カサブランカ
セッタート
サフィー
マラケシュ
モロッコ
グーリミン
アルジェリア
アフリカ

駱駝との出会い

三度わたしは駱駝《らくだ》たちと出会ったが、出会いはそのたびに悲劇的な結果に終った。

「ぜひきみに駱駝市《いち》を見せたいんだ」と、わたしがマラケシュに着いてすぐ、友人はいった。「市《いち》が立つのは毎週木曜の午前、バーブ・ル・カミース（マラケシュ市を囲む城壁にある城門のひとつ。「木曜の門」の意）近くの城壁の前だ。町の向こうの城壁で、かなりの道のりだから、車できみを案内するのが一番手っ取り早いね。」

木曜になると、われわれは車で出かけた。時すでにおそく、町の城壁の前の大きな広場に着いたときには、正午になっていた。広場はほとんどがらんとしていた。われわれから二百メートルあまり離れた向こうの端に、人びとがたむろしていたが、駱駝の姿はなかった。人びとの相手にしている小動物は驢馬であった。そうでなくてさえ驢馬は町じゅうにいっぱいいたし、荷物は何でも運ばされるうえ、むごい扱いをうけていたから、なおのことそんな光景を今さら見る気にもなれなかった。「くるのが遅すぎたね」と友人がいった。「駱駝市《いち》は終ったんだ。」かれは広場の中央へ車を乗りいれて、見るものが本当にもう何もないことをわたしに納得させようとした。

しかしかれが車をとめないうちに、われわれは人びとの群れが四散するのを見た。かれらのまん中に一頭の駱駝が三本足で立っていた。四本目の足は折り重ねて縛りあげられていた。駱駝は赤い口籠《くちご》をつけ、鼻孔に一本の綱が通してあり、ちょっと離れたところにいるひとりの男が、この綱で駱駝を引っぱって行こうとしていた。駱駝はしばらく前へ走ると、立ちどまり、それから不意に三本足で宙に跳びあがった。その動きは唐突でもあり無気味でもあった。そのたびに駱駝を引っぱる男はこらえきれずに手にした綱を弛めてしまった。かれは駱駝に近づきすぎることを恐れていたが、駱駝が次の瞬間どんな動きにでるか知りつくしているふうでもなかった。それでもかれは不意打ちが終るたびに、また綱をたぐり寄せ、じつにゆっくりとではあるが、駱駝を一定の方向に引きずって行くことに成功した。

われわれは車をとめ、窓を開けた。物乞いの子供たちがわれわれを取り囲んだ。金銭《かね》をねだるかれらの声にもかき消されぬ、例の駱駝の叫び声をわれわれは耳にした。一度駱駝はすごい勢いで横へ跳んだので、駱駝を引っぱっていた男は思わず綱をとり落としてしまった。すこし離れて見守っていた人びとは、さっと大きく後退した。駱駝の周囲には不安な空気がみなぎった。誰よりもいちばん不安を覚えたのは、駱駝自身であった。駱駝を引っぱる男はいっしょにちょっと走ると、地面を引きずっていた綱をすばやくむんずと摑んだ。駱駝は全身を波打たせながら横へ跳びあがったが、もう身をもぎ離そうとはしなかった。男は駱駝を引っぱって行った。

われわれが今まで気づいていなかったひとりの男が、車を取り巻く子供たちの背後に近づき、かれらを押しのけて前へ出ると、おぼつかないフランス語でわれわれに説明してくれた。「この駱駝は恐水病にかかっています。これは危険です。屠殺場へ連れて行くところです。十分注意してください。」かれは真剣な顔をした。かれの言葉の切れ間を縫って、あの駱駝の叫び声が聞こえてきた。

われわれはかれに礼をいうと、悲しい気分で帰途についた。それから何日間か、われわれはあの恐水病の駱駝のことをしばしば語りあった。駱駝の絶望的な動きのひとつひとつにわれわれは深い感銘をうけていたのである。このやさしい、曲線美をもつ動物が何百頭も見れるものと期待しながら、われわれは市《いち》へ出かけた。ところがばかでかい広場に見いだしたものは、三本足で、もう一本の足は縛りあげられて、最期の時を迎えつつあるたった一頭の駱駝であり、しかもこの駱駝が自らの命を守ろうと闘っているというのに、われわれは車でその場を去ったのである。
二、三日後われわれは町の城壁の先日とは別のあたりを通りかかった。日が暮れるところで、城壁の赤い輝きは消えつつあった。わたしは努めて城壁から目を離さぬようにし、城壁の色が移ろい変るさまを楽しんだ。そのときわたしは城壁の陰に駱駝の大キャラバンを見つけた。大部分の駱駝は膝を折って坐っていたが、まだ立っている駱駝もいた。頭にターバンを巻いた男たちがせわしげに、しかし黙々と駱駝たちのあいだを歩きまわっていた。それはまさに一幅の平和な夕まぐれの絵である。駱駝たちの色は城壁の色のなかへ融けこんだ。われわれは車をおりると、駱駝たちのなかへ身を紛れこませた。あちこちに積んである餌の山のまわりには、いずれも一二頭をくだらぬ駱駝たちが輪をなして跪いていた。駱駝たちは首を突きだし、餌を口のなかへ吸いこみ、頭をうしろへそらせて静かに噛みくだいていた。われわれが詳しく観察してみると、驚いたことに、駱駝たちには顔があった。顔は互いに似ているように見えて、実は千差万別であった。それは、威厳に満ちた態度で一見退屈そうにいっしょにお茶を飲むが、自分の周囲のあらゆるものを観察する際の底意地の悪さを隠しきれぬ、イギリスの老婦人たちを彷彿させるような顔であった。わたしが如才なくわがイギリスの友人に、かれの同国人との類似を指摘してやると、かれは「これは伯母さんだ、間違いない」といい、じきにわれわれは別の知人を何人か見つけることができた。われわれは誰からも聞いていなかったこのキャラバンのなかへもぐりこめたことを誇りに思い、駱駝の数をかぞえてみると、百七頭いた。

ひとりの若者がわれわれのもとへやってきて、金銭《かね》をねだった。かれの顔の色はその服の色と同様、紺色であった。かれは駱駝の口取りであり、見たところ、アトラス山脈の南に住む〈青い男たち〉(サハラ地方のハム種族で回教遊牧民のトゥアレグ族)のひとりのようであった。聞くところによると、服の色が皮膚にしみこんでいるかれらは、男も女もみんな青く、世界で唯一の青色人種である、という。金銭《かね》をもらって感謝している若い口取りから、われわれはこのキャラバンのことを二、三聞きだそうとした。しかしかれはほんの少ししかフランス語が話せなかった。かれらがグーリミンからやってきたこと、旅に出てから二五日になること。われわれに理解できたのはこれだけである。グーリミンははるか南部の砂漠にある。このキャラバンがアトラス山脈を横断したかどうか疑わしかった。われわれとしてはできれば、かれらの次の目的地がどこかという点も知りたかった。この町の城壁の下で旅が終るはずもなかったし、駱駝たちは来るべき労苦に備えて元気をつけているように見えたからである。

話の接ぎ穂がなくなると、紺色の若者はわれわれの機嫌を取ることに精を出した。かれはわれわれを、みんなから一目おかれている、白いターバンを巻いた、背が高くほっそりした老人のもとへ案内した。かれはフランス語をよくし、われわれの質問に淀みなく答えた。このキャラバンはグーリミンからやってきていたし、確かに旅立ち以来二五日経っていた。

「ところで、これからどこへ行くのですか？」

「これ以上行きませんな」とかれは答えた。「駱駝どもはここで売られる、屠殺用にな。」

「屠殺用に？」

われわれ両人は、自分の故郷では熱狂的な狩人たる友人さえ、あっけにとられた。われわれは駱駝たちの長い旅のことを、黄昏のなかの駱駝たちの美しさを、駱駝たちが何も知らないでいることを、駱駝たちの平和な食事のことを思った。あるいは駱駝たちがわれわれに思い出させた人たちのことも思ったかもしれない。

「屠殺用にな、もちろんじゃ」と老人はくり返し、その声は使い古したナイフのように愛想がなかった。

「いったい土地の人は駱駝の肉をたくさん食べるのですか？」とわたしは尋ねた。わたしは具体的な質問を発することによって、自分の驚愕を気どられまいとした。

「じつにたくさん食べますな！」

「いったいどんな味がするのですか？　まだ一度も食べたことがないのですが。」

「まだ一度も駱駝の肉を召しあがったことがないですと？」かれは声を殺してあざ笑い、くり返した。「まだ一度も駱駝の肉を召しあがったことがないですと？」かれが当地でわれわれの食膳に供されるのは駱駝の肉しかないと考えていることは明らかであり、かれはいささかも動ずることなく、今にもわれわれにこの肉を無理じいしそうな気配であった。

「じつにうまいですな」とかれはいった。

「いったい駱駝は一頭どのくらいするのですか？」

「いろいろですな。三万フランから七万フランまである。お見せしてもいい。自分の目で確かめることですな。」かれはわれわれを、じつに美しい、色白の駱駝のところへ案内し、手にした棒きれでそれに触れたが、そのとき初めてわたしはこの棒きれに気がついた。「これは上物《じょうもの》ですぞ。七万フランはしますな。これの持主は自分で乗っておった。まだまだ何年でも使いものになるのじゃが。だが持主は結局売ることに決めましたな。その代金で若い駱駝が二頭買えるというわけじゃ、おわかりかな？」

われわれは理解した。「あなたはキャラバンといっしょにグーリミンからこられたのですか？」とわたしは尋ねた。

かれはこの当て推量をいささか気色ばんで黙殺した。「わしはマラケシュの出じゃ」とかれは誇らしげにいった。「駱駝を買って、それを屠殺業者に売っておる。」かれは遠路はるばるやってきた男たちには軽蔑の念しか抱かず、例の若い、青い肌をした口取りについては「あれは何も知らん」といった。

しかしかれはわれわれがどこからきたか知りたがり、われわれは話を簡単にするために、ふたりとも「ロンドンからきました」と答えた。かれはかすかに笑い、いささか興奮のていであった。「わしは戦争中フランスにおった」とかれはいった。その年格好からすると、かれが第一次世界大戦について語っていることは明らかであった。「イギリス兵といっしょでしたよ――どうもまが合いませんでしたがな」とかれはすばやく、声をちょっとひそめて付け加えた。「もっとも、今どきの戦争などもう戦争とはいえませんな。幅をきかすのはもう男じゃなくなっておる。機械万能ですからな。」かれは戦争についてなお若干述べたが、匙を投げたような口ぶりであった。

「これはもう戦争とはいえませんな。」この点に関しては、われわれもかれと同意見であったが、かれはこんな話をすることで、われわれがイギリスからやってきたという苦い事実を忘れようとしているふうであった。

「駱駝はもう全部売れたのですか？」とわたしはさらに尋ねた。

「いや。全部売れるわけはありませんな。売れのこったやつはセッタートまで行くことになる。セッタートはご存じかな？　カサブランカへ行く途中のところで、ここから六〇《キロメートル》ある。そこで最後の駱駝市《いち》が立つ。のこったやつがそこで売られるわけですな。」

われわれは礼をいった。かれは堅苦しいことは一言もいわず、われわれをあえてひきとめなかった。われわれはもう駱駝たちのなかを歩きまわらなかった。そうする気はすでになくなっていたのである。われわれがキャラバンをあとにしたとき、あたりはほとんど暗くなっていた。

駱駝たちのイメージはわたしの脳裏に焼きついた。わたしは恐るおそる、それにもかかわらずまるで古いなじみのように駱駝たちのことを思った。駱駝たちの処刑前の食事についての思い出は、例の戦争についての会話と一体になった。次の木曜に駱駝市《いち》を見物に行こうというわれわれの考えは、依然変らなかった。われわれは朝早く車で出かけることに決めていた。われわれは今度こそ駱駝たちの姿からあまり暗くない印象を得られるようにと祈っていたのかもしれない。

われわれは再びエル・カミース門の前に着いた。われわれの目にした動物たちの数は、あまりに多すぎるというほどでもなかった。動物たちは、とても埋めつくせそうもないような広場のひろがりのなかに消散したのである。一方の側にはまた驢馬たちがいた。われわれはそっちへは行かず、駱駝たちのもとにとどまった。駱駝たちはきまって三、四頭ずつ固まっていた。たまに仔駱駝が一頭きりで母親に寄りそっていることもあった。駱駝たちは初めのうちはみんな落ちついているように見えた。物音を立てているのは、あちこちで激しく値切る男たちの小さな群れだけであった。男たちは駱駝たちのなかの何頭かを信用していないようだ、とわれわれは思った。かれらは実際にどうしても必要なとき以外、その種の駱駝には近づきすぎないようにしていた。

ほどなくわれわれは、何ものかに抵抗の気配を見せている一頭の駱駝に目を引かれたが、その駱駝は唸り、吼え、頭を激しく四方八方へ回転させた。ひとりの男が駱駝を無理矢理跪かせようとしたが、いうことをきかなかったので、さらに棒きれでたたきはじめた。頭のそばにつっ立って駱駝をいじりまわしている別の二、三人のなかに、ひときわ目立つ男がいた。恐ろしい黒ずんだ顔をした、筋骨たくましい男であった。かれはそこにしっかと立ち、その両足はさながら地面に根をおろしているようであった。両腕を精力的に動かしながら、かれはあらかじめ孔を穿っておいた駱駝の鼻柱に一本の綱を通した。鼻と綱は血で朱に染まった。駱駝は痙攣し嘶き、じきに吼えたけりだした。駱駝はいったん跪いたあと、最後にもう一度跳びあがり、男が綱をますますぐいぐい引っぱっているあいだ、身をもぎ離そうとした。みんなは駱駝を押さえこもうと百方手を尽くした。誰かがわれわれに近寄り、おぼつかないフランス語で話しかけたとき、かれらはまだ駱駝にかかりきりであった。

「これは嗅ぎ付けてます。これは屠殺業者を嗅ぎ付けてます。これは屠殺用に売られたんです。これは今から屠殺場へ行くところです。」

「しかしどうしてそんなことが嗅ぎ付けられるのですか?」と友人が疑わしげに尋ねた。

「ほら、あれが屠殺業者です。駱駝の前に立ってるのが」そういいながらかれは、先刻よりわれわれの注意をひいていた例の黒ずんだ顔のがっしりした男を指さした。「屠殺業者は屠殺場からやってきます。だから駱駝の血の匂いがします。駱駝はそれが嫌なんです。駱駝はひどくぶっそうになることもあります。恐水病にかかっていると、夜やってきて、眠っている人を殺します。」

「どうやって人を殺すのですか?」とわたしは尋ねた。

「人が眠っていると、駱駝がやってきて、その上に跪き、眠っている人を窒息させるんです。十分気をつけなければなりません。目を覚まさぬうちに窒息して死んでしまいます。確かに駱駝は鼻がよくききます。夜自分の主人のそばで休んでいるときなど、泥棒たちを嗅ぎ付けて主人を起こすんです。肉はうまいですよ。肉を食べるべきです。精がつきますよ《サ・ドヌ・デュ・クラージュ》。駱駝は一頭だけでは居たがりません。一頭だけではどこへも行きません。男は自分の駱駝を町まで追って行くとき、いっしょに行く駱駝をもう一頭見つけなければなりません。一頭借りださなければなりませんし、借りだせない場合には自分の駱駝を町まで連れて行きません。駱駝は一頭だけでは居たくないんです。わたしは戦争へ行きました。わたしは負傷しました。見てください、ここです」といって、かれは自分の胸を指さした。

駱駝はちょっと勢いが衰えた。わたしは初めて話し手自身の方へ目を向けた。その胸はひしゃげているように見え、左腕は自由がきかなかった。この男とは一面識あるような気がした。かれは背が低く、やせていて、ひどく真面目であった。前にどこでかれと会ったか考えてみた。

「どうやって駱駝を殺すのですか？」

「駱駝の頸動脈を切るんです。身体から血を流して死ななければなりません。そうでない場合には駱駝を食べてはいけないのです。イスラム教徒は駱駝が血を流して死なない場合、それを食べることは禁じられています（『コーラン』は死肉、血、豚肉、アッラー以外のものの名に於て屠殺された動物の肉を食することを禁じている）。わたしはこの負傷のせいで働けません。それでここで案内人のようなことをやっています。先週の木曜にあなたとお話ししたが、あの狂水病の駱駝のこと覚えていらっしゃいますか？　アメリカ軍が上陸したとき、わたしはサフィーにいました。わたしたちはアメリカ軍とちょっと戦いましたが、別にどうということもありませんでした。それからわたしはアメリカ軍に編入されました。軍隊にはモロッコ人が大ぜいいました。わたしはアメリカ軍といっしょにコルシカ島やイタリアに行きました。わたしはどこへでも行きました。ドイツ人は立派な兵士です。一番ひどかったのはカシーノでした。本当に散々な目にあいましたよ。ここでわたしは負傷しました。カシーノをご存じですか？」

かれがモンテ・カッシーノ（中部イタリアのカッシーノ市付近の山にある最古のベネディクト会修道院で第二次大戦の激戦地となり四四年二月完全に破壊され、戦後再建された）のことをいっているのだと、だんだんわかってきた。かれはそこでの激烈な戦闘の一部始終を語ってくれた。いつもは物静かで落ち着いているかれが、このときはひどく活発になった。恐水病の駱駝たちの激しい殺意を話題にしているような趣きがあった。かれは真面目な男であり、自信をもって語っていた。しかしかれは動物たちに囲まれたアメリカ人の一団を見つけるとすぐ、かれらの方へ行ってしまった。かれは先にたちまち現われ、そのときまたたちまち隠れたが、これはわたしにとって好都合であった。わたしはもう吼えなくなった駱駝を目にすることも耳にすることもできなくなっていたので、もう一度見たかったのである。

例の駱駝はじきに見つかった。屠殺業者は駱駝をそのまま立たせていた。駱駝は再び跪いた。なお幾度か頭を痙攣させた。鼻孔からの血がさらに拡がっていた。誰も駱駝に手を触れないこのつかのまの偽りの時《とき》に対して、わたしは感謝に似たものを感じた。しかし駱駝の運命を知っている以上、そのまま傍観をつづけるに忍びなく、わたしはこっそり逃げだした。

友人は案内人が話をしているあいだに身を転じて、イギリス人らしい男たちのあとを追っていた。わたしはかれを探し、広場の片側にいるかれを見つけた。かれは驢馬たちに囲まれていた。あるいはかれはここでならあまり不快の念を覚えずにすんだかもしれない。

爾後この赤い町（マラケシュ市は赤い城壁に囲まれている）に滞在中、われわれは駱駝たちのことを二度と再び口にしなかった。

スーク

スーク（市場）のなかはよい匂いがただよい、涼しくまたいろどり豊かである。匂いはいつ嗅いでも好ましいし、それがまた品物の性質に応じて次第に変る。店名も看板もないし、ガラス・ケースもない。売れるものなら何でも陳列されている。商品の値段は誰にもわからない。商品に正札がついているわけでもなく、売値がきめられているわけでもない。

同じ商品を売る露店や商店はみんなぴったりくっついて並び、その数は二〇店ないし三〇店、時にはもっと多かった。そこには香辛料の特設市《いち》がひとつ、皮製品の特設市がひとつある。縄ないたちも自分の仕事場をもち、籠つくりたちも自分の仕事場をもっている。絨毯を売る店のなかには大きな広い丸屋根をつけたものも何軒かある。人びとはそのそばを親しみのある町でも通るようにゆったり歩み、慇懃な物腰で呼び入れられる。金細工師たちの店は中央にひとつの特別な中庭ができるように配置されていて、その狭くるしい店の多くは男たちが細工をしているところが見えるようになっている。あらゆるものが見出されるが、しかしあらゆるものはつねに多様なかたちで見出される。

人びとの好む皮財布は二〇軒の店にそれぞれ陳列されていて、これらの店は一軒一軒直接つながっている。店では男がひとり商品の中央にしゃがんでいる。かれは全商品を手もとにおいていて、隙間はほとんどない。かれはほとんど手を伸ばさなくても、どの皮財布でも手にとれる。かれがひどく年寄っていなければ、儀礼のためにだけ立ち上がる。しかしかれの隣りの売り場の、かれとは全く趣きを異にする男は、同じ商品の中央に腰かけている。こうした店が屋根のある通路の両側に恐らく百㍍にわたって並んでいる。この町で、つまり全南モロッコでもっとも大きな、もっとも有名なこの皮製品の特設市が所有する一切のものが、いわば一度に売りに出される。この陳列には多くの誇りがある。人びとは自分たちが何を生産しうるかを、しかしまたそれがどれくらい存在するかを示す。財布が富の象徴であることを財布自身が知っていて、美しく身なりを整えている自分を道行く人の眼に見せつけているような趣きである。財布が、それもすべての財布がいっしょに突然リズミックに動きだして、自分たちにできるあらゆる誘惑的な姿態をはめをはずした多彩な踊りのなかで見せても、誰も全然怪しまないだろう。

種類を異にするあらゆる商品から切り離されて集まっているこの商品のギルド意識は、通行人によってスークのなかを歩むたびに、そのときどきの気分に応じて新しくつくりだされる。〈今日は香辛料たちのなかへ入ってみたい〉と、かれは思う。すると、さまざまな香辛料の入りまじったすばらしい匂いがかれの鼻をつき、目の前に赤い胡椒の入った大きな籠がいくつも見える。〈今日は染めた羊毛たちのところへ行けたらいいんだが〉すると、もう緋色や紺色やオレンジ色や黒色に染めた羊毛がまわりの店のどの天井からもぶら下がっている。〈今日は籠たちのなかへ入って、籠を編んでいるところを見たい。〉

人間のつくりだしたこれらの商品がこれほど多くの威厳をもちうるとは、驚くべきことである。商品は必ずしも美しくはないし、北方の国々から輸入されたり機械で生産された、えたいの知れぬ粗悪品がますます紛れこんできている。しかし商品の呈示の仕方は依然として昔と変らない。商品を売るだけの店があるのはもちろん、商品を生産するところを店頭で見ることのできる店も多い。この種の店では、誰でも商品と最初の段階からかかわりあうことができ、このことが見る者の気分を愉快にする。あらゆるものが、さながら厭わしい魔法の装置から取りだすように、即座に手に入り家ですぐに使えるということが、われわれの現代生活の荒廃の一端をなしているからである。しかしここでは、縄ないが仕事に精出しているところを見ることができるし、かれの傍らには仕上がった縄が手持ち品として掛けられている。ちっぽけな仕事場のなかでは小さな男の子が六、七人たむろしていっせいに木工細工の最中で、若い男が男の子たちの作った部品を使って脚の低い小さなテーブルを組立てている。人びとは羊毛の鮮やかな色彩に感嘆するが、それも人びと自身の目の前で染めあげられ、そのまわりに男の子たちが車座になって、縁なしの帽子をきれいな色とりどりの模様に編みあげている。

それは開かれた活動であり、行なわれていることそのものが、完成した商品のように姿を現わす。じつに多くの人知れず隠されたものがある社会、家々の内部や女たちの容姿やさらに礼拝堂さえも外人に対して嫉妬ぶかく隠す社会において、生産され売られるもののこの著しい開放性は、二重に魅惑的である。

本来わたしは商《あきな》いというものを知りたかったのであるが、スークに足を踏み入れるたびに売られている商品に気をとられて、いつも最初に商いというものがどこかへ消えて見えなくなってしまうのであった。虚心坦懐に見て、ほかにもほとんど同じようなモロッコ皮（山羊のなめし皮）を扱う商人が二〇人といるのに、なぜ客の足がある特定の商人に向かうのか、どうも理解しがたいのである。客は店を次々と見てまわることができるし、再び最初の店へ引き返すこともできる。客がやがて買い物をすることになる店はもともとはっきりわかっているわけでは決してない。客が数ある店のなかのどこかで買う気になったとしても、客はいつまた気が変るかわからないのである。

店の前を通りすぎる者は、いかなるものによっても、扉によってもガラスによっても、商品から切り離されてはいない。商品のまんなかに坐っている商人はその名を誇示しないし、すでに述べたように、どの商品にも楽々と手が届く。通行人は好きな品物をいつでも手にとることができる。かれはそれを長いこと手にしていることも、それについて長広舌をふるうことも、いろいろ質問することも、疑いをさしはさむこともできるし、その気になれば、何も買わずに、自分の歴史や自分の部族の歴史や全世界の歴史を談ずることもできる。自分の商品に囲まれている男は何よりもまずひとつの商品にほかならない。つまりかれはじっとしているのである。いつもそこに坐っている。いつも客の身近にいるという趣きである。ちょこまか動こうにも、そんな場所も機会もほとんどない。商品がかれのものであると全く同じ程度に、かれは商品のものである。商品がひったくられるようなことはなく、かれはいつも商品から自分の両手あるいは両眼を離さないでいる。人の心をそそるようなある種の親密な関係が、かれとその商品とのあいだにある。それらの商品が自分の途方もない大家族ででもあるかのように、かれは商品を守り、その秩序を維持している。

かれは商品の価値を正確に知っているが、そのために痛痒を感じるようなことは全然ない。かれはその価値を内証にしておくのであり、それが人に気づかれる恐れはないからである。これが商いの仕方に強烈な神秘感を与える。客がどの程度かれの秘密に近づいたか知りうるのはかれだけであり、また価値を守るための間合いが危険にさらされぬよう、どんな突きでもさっと受け流す術に長《た》けている。買い手にとっては、口車に乗らないことが名誉のしるしとされているが、当人はつねに暗中模索している以上、それは容易な業《わざ》ではない。定価なるものが支配し、価格がモラルとされている国々では、ものを買い入れる術などそもそもあるはずがない。どんな愚か者でも店へ行って自分の必要とするものを見つけるし、数字さえ読めれば、どんな愚か者でも口車に乗せられて買わされるようなことはありえない。

これに反してスークでは、最初に告げられる値段は不可解な謎である。それは誰にも、当の商人にさえわからない。どんな場合にも多くの値段があるからである。それらの値段はいずれも別の状況、別の買い手、一日の別の時間、週の別の曜日にかかわる。一個売りの商品の値段や二個ないし数個まとめて売る商品の値段がある。市内に一日しか滞在しない外人向けの値段や、市内にすでに三週間暮らしている外人向けの値段がある。貧乏人向けの値段や、貧乏人にとってはもちろん最高の値段にほかならぬ金持向けの値段がある。この世のさまざまの人間よりもっとさまざまの種類の値段が存在するといいたいくらいである。

しかしこれは、どんな結果に終るか見当もつかぬある複雑な駆け引きの始まりにすぎない。聞くところによると、最初の値段の三分の一ぐらいの線で折り合うのがいいそうであるが、しかしながらそれは、この太古以来のやり方の微妙な点に深くかかわるつもりも力もない連中が自分を納得させるための粗野な値踏み、あの味気ない一般論のひとつ以外の何ものでもない。

交渉の紆余曲折は短いような長いような意味深長な時間をかけてつづくことが望ましい。客が買い物に充分時間をかけると、商人は喜ぶ。相手の譲歩をねらう論拠にはこじつけるもの、ややこしいもの、力のこもったもの、刺激的なものがあるという。威厳を見せてもよいし、雄弁であってもよく、一番よいのは両方を兼ねることである。威厳によって双方いずれも、売り買いなど自分にはあまり大したことではないということを明らかにする。雄弁は相手の決意を鈍らす。もの笑いの種になるだけの論拠もあるが、図星を指す論拠もある。譲歩するまでに一切を充分吟味することが肝要である。しかし譲歩すべき瞬間がきたときでさえ、相手を混乱におとしいれ、その心底を見すかす機会に恵まれるような事態が思いがけず突発するに違いない。相手の戦意を挫くために、高飛車に出る者もいるし、愛嬌をふりまく者もいる。どんな魔術を使ってもかまわないし、注意力の減退など思いもよらない。

なかへ入って歩きまわれるほど大きな店では、売り手は譲歩する前にたいてい第二の売り手と相談したがる。局外者として表に立たぬ第二の売り手、すなわち値段についての一種の超俗的な長《おさ》は確かに現われるが、かれ自身が値引きするわけではない。最後の断を下してもらうためにだけ、かれに頼るのである。かれは、いわば売り手の意に反して、値段における突飛な変動を許可することができる。しかし自身はいっしょになって値引きしなかったかれがそうするのであるから、誰もいささかも面目を失なわないわけであった。

盲人の叫び

わたしはあることを報告しようと試みる。ふとわたしは黙りこむ。そのとたん、わたしは自分がまだ全く何もいっていないことに気づく。ある驚くほど明るい、粘つく実体がわたしの内部に残留して、言葉を嘲笑する。それは、かの地でわたしに理解できなかった言語、これから徐々にわたしの内部で翻訳されなければならぬ言語であろうか？　そこには、われわれの内部において初めて意味が生ずるような、さまざまの出来事や光景や音があった。それらは言葉によっては拾いあげられることも刈りこまれることもなかった。それらは言葉の域を越え、言葉よりも深みがあって複雑である。

習い覚えた世界の諸言語を忘れてしまい、ついにどの国へ行っても人の言葉の意味がもう理解できなくなったひとりの男のことを、わたしは夢見る。

言語のなかには何があるのであろうか？　言語は何を蔽っているのであろうか？　言語はわれわれから何を奪い去るのであろうか？　わたしはモロッコで過ごした数週間というものアラビア語もベルベル語も敢えて習得しなかった。わたしはなじみのない、さまざまな叫び声の迫力をいささかも減じたくなかったのである。わたしは音自身の欲するままに、音そのものによって摑まれたかったし、不十分かつ不自然な知識によってそれをいささかも弱めたくなかったのである。この国にかかわる本は一冊も読まなかった。この国の風俗習慣はわたしにとってこの国の人びとと同様見慣れぬものであった。日々の生活のなかであらゆる国あらゆる国民を越えて何らかのかたちでわれわれのところに舞いこんでくる瑣事の類いが、マラケシュに着いてすぐ数時間で雲散霧消した。

しかし「アッラー」という言葉は消え残ったのであり、わたしはこの言葉を避けなかった。わたしはこの言葉を自分の経験の、もっとも頻繁でもっとも印象的でもっとも持続的であった部分としての盲人から授けられていた。人は旅をしているとき一切を受け入れるのであり、憤激は家へ置いてくる。人は眺め、聞き、どんな恐ろしいことにも、それが目新しく耳新しいので、感激する。よき旅人は冷いものである。

去年、一五年ぶりにヴィーンへ行き、途中ヴィーンにほど遠からぬブリンデンマルクト（ドナウの支流イブス川下岸の盆地にあり、人口一五〇〇。六百年の歴史を誇る市場がある。原意「盲人の市場」）を通ったが、こんなところがあろうとは昔は夢にも思わなかった。この地名は鞭のようにわたしを打ち、爾来脳裏に焼きついて離れなかった。今年マラケシュにきたとき、わたしは思いがけなく自分が盲人たちのなかにいることに気づいた。盲人は何百人も、いや数えきれぬほどいたが、たいてい乞食で、ときには八人、ときには一〇人と集まって一列にぴったり身を寄せあいながら市場に立っていた。かれらがしわがれ声で絶えまなく繰り返す『コーラン』の文句は遠くまで聞こえた。わたしはかれらの前へ立った。かれらのように身じろぎもせずに。かれらがわたしのいることを感じていたかどうか必ずしも確信はなかった。かれらはみんな喜捨をうけるための木鉢を差出していて、人がこれらの鉢のひとつにいくばくかの金銭《かね》を投げ入れると、その恵んでもらった硬貨は手から手へ渡り、みんながそれに触り、みんながそれを確かめ、最後にひとりが自分の役回りどおりそれを懐中におさめた。かれらはいっしょに触った。かれらがいっしょに呟やき叫んだように。

すべての盲人たちが人びとに神の名を与えようと申しでるし、人びとは喜捨を通じて神の名に訴える権利を手に入れることができる。盲人たちの一日は神とともに始まり、神とともに終るのであり、日に一万回神の名をくり返す。かれらの叫びはすべて変調のうちにも必ず神の名を含むが、かれらがいったんこうと心にきめた叫びはつねに変らない。それは神をめぐっての聴覚上のアラベスクであるが、この方が視覚上のアラベスクよりどれほど感銘深いかわからない。神の名だけを信じ、神の名だけをひたすら叫ぶ者もいる。その叫びには息詰まるような力強さがあり、神はわたしには、かれらがいつも同じ場所で包囲攻撃している城壁のように思われた。乞食たちは施し物によってというよりはむしろかれらの力強い文句によって生きる支えを得ている、とわたしは信じて疑わない。

同じ叫びをくり返すことによって、叫ぶ者の個性が現われる。人びとはかれから感銘をうけ、かれのことを知り、かれはその瞬間から永遠に人びとの心のなかにいる。かれはその鋭くはっきりした個性において、まさにその叫びにおいて永遠に人びとの心のなかにいるのである。人びとはかれからそれ以上何も聞くことはないであろう。かれは自分の身を守る。叫びはかれの境界でもある。この一所において、かれは自分の叫ぶ文句そのものにほかならず、それ以上でもそれ以下でもなく、乞食であり盲である。しかし叫びは増殖でもあり、す早い規則的な繰り返しは、叫びから群れをつくりだす。叫びには要求というもののもつある特別のエネルギーがこもり、かれは多くの人のために要求し、すべての人のために懐に入れる。「あらゆる乞食のことを忘れるな、あらゆる乞食のことを忘れるな！　神はお前の喜捨をうけるあらゆる乞食に免じてお前をお護りくださる。」

貧しき者たちは富める者たちより五百年早く天国に入るであろう、といわれている。人は喜捨によって貧しき者たちから天国の一部を買い取る。誰かが死ぬと、「屍のあとを追って、人は震え声で泣き叫ぶ泣き女たちを伴ない、あるいは伴なわずに、大急ぎで墓場へ歩いて行く。死者がじきに至福の境地に達することができるようにと。盲人たちが信仰の証言（「アッラーのほかに神なく、マホメットはアッラーの使徒なり」の聖句）を唱える。」

わたしはモロッコから帰ってからというもの、試みに眼を閉じ脚を組んで自分の部屋の一隅に坐り、三〇分間正確な速度と正確な力で「アッラー！　アッラー！　アッラー！」と唱えてきた。わたしはこう想像してみた。わたしは一日じゅう、夜遅くまでそのように唱えつづける。わたしはちょっと眠ったら、またそれを始める。わたしはそれを何日間も何週間も何カ月間もつづける。わたしは次第に馬齢を重ねるであろうが、そのようにして生きる。粘りづよくこの生活を固守する。このわたしの生活を妨害するものがあれば、わたしは激怒するであろう。わたしはこの生活以外には何も欲しない。わたしはこの生活を絶対に変えない、と。

一切を単純きわまる種類のくり返しに還元するこの生活のなかに、どのような誘惑が存するものかということが、わたしにはわかった。小さな店で働いているのを見かけた職人たちの手仕事に、いったい多かれ少なかれどれほどの変化があったろうか？　商人たちの安売りに？　ダンサーたちのステップに？　当地の客を一手に引き受ける薄荷茶(生の薄荷の葉をコップに入れ、砂糖入りの熱い紅茶を注いだもの)の無数の茶碗に？　金銭《かね》にどれほどの変化があるだろうか？　飢えにどれほどの変化が？

これらの盲の乞食の本当の姿が何か、わたしにはわかった。くり返しの聖者。われわれといえどもくり返しを避けるようなことがたいてい、かれらの生活からは除去されている。かれらがしゃがんだり立ったりする場所がある。変ることのない叫びがある。かれらが当てにしていい、金種の異なる、たかだか三、四枚程度の硬貨がある。たしかにさまざまな人間が喜捨するが、盲人たちは喜捨する者たちを見ることなく、感謝の祈りのなかで、かれらも自分たちと同じ信心深い者になれるよう取り計らうのである。

マラブートの唾

八人の盲人の群れの連禱を耳にしながら、そこから身を転じてほんの二、三歩あるきかけたとき、わたしはひとりの白髪の老人に目を引かれた。この老人はひとりぽつねんとそこに立ち、脚をこころもち拡げていた。頭を軽くかしげて何やら嚙んでいるのであった。かれも盲であり、身にまとった襤褸《らんる》から察するに、乞食に違いなかった。しかしかれの両頰はふっくらと肥えて赤みを帯び、両唇は健康そうに湿っていた。かれは唇を閉じたままゆっくりと嚙んでいたし、その顔つきは明るかった。かれはまるで何らかの規定にもとづいて行動しているといいたげに、徹底的に嚙んでいた。かれがその咀嚼を大いに楽しんでいることは、はっきりとわかった。かれをそんなふうに観察していたとき、かれの唾に、かれが確かに口中にじつに夥しい唾を分泌していることに気がついた。一列に並んで、オレンジを山と積んで売っている屋台の前に、かれは立っていた。商人のひとりがかれにオレンジを一個与えたに違いなく、かれはそれを噛んでいるのだ、と思った。かれは右手を身体《からだ》からいささか突き出していた。その手の指は全部大きく拡げられていた。それらの指が麻痺していてひっこめることができぬといった趣きであった。

この賑かな場所において奇異の感がしたのは、老人のまわりにかなり多くの空所があることであった。かれはいつもひとりきりでいるし、またそのことに安んじているといった趣きがあった。わたしは思いきって噛んでいるかれを見、かれが噛みおわったとき何ごとが起こるか見届けたいと思った。ひどく手間どった。これほど心をこめて長たらしく噛むような人間は、ついぞ見かけたことがない。噛めそうなものなど何も含んでいないはずの、わたし自身の口がかすかに動きだした気配である。わたしはかれの享楽に対して畏敬に近いものを感じた。その享楽ぶりは今までわたしが人間の口許からうけたどんな印象よりも際立っていた。かれの盲目はかならずしもわたしの満腔の同情を引かなかった。かれは落ち着いているし満足しているというように見えた。かれが噛むのを中断して、ほかの乞食が誰でもやっているように金品をせがむことは一度もなかった。あるいはかれは自分に必要なものは何でも所持していたのかもしれない。かれはほかには何も必要としなかったのかもしれない。

嚙みおわったとき、かれは唇を二、三度きれいに舐め、指をひろげた右手をさらにちょっと突き出し、嗄れ声で『コーラン』の文句を唱えた。わたしはいささか恐る恐るかれに近づき、その手に二〇フラン硬貨を一枚おいた。指は拡げたままであった。かれは本当に指を折り曲げることができなかったのである。かれはゆっくりその手をあげると口へ持って行った。硬貨を厚ぼったい唇に押しつけ、口に押しこんだ。硬貨がなかへ入るとすぐまた嚙みだした。口中で硬貨をあちこちともごもごさせた。わたしは硬貨の動きについて行けそうな気がした。硬貨はあるときは左に、あるときは右にあった。かれは再びさっきのように長たらしく嚙んでいた。

わたしは驚きかつ訝《いぶか》った。自分の思い違いではないかと疑った。ひょっとすると、硬貨がそうこうするうちにどこかほかのところへ消えたことに気づかなかったのかもしれない。わたしは再びじっと待った。かれがさっきと同じように楽しんで嚙み、ついで嚙みおわったあとで、硬貨が両唇のあいだに姿を現わした。かれはすでにあげていた左手のなかへ硬貨を吐きだした。夥しい唾がいっしょに流れた。それからかれは硬貨を左側についている隠しのなかへ納めた。

わたしはこの出来事に感じた嫌悪を、異国ぶりのせいにしてみた。金銭よりきたないものがほかにあるだろうか。しかしこの老人が何をしようとわたしのあずかり知るところではないが、わたしに嫌悪を催させたことが、かれにとっては享楽なのであった。それにわたしは時には硬貨に接吻する人間たちを見かけなかったろうか？　多量の唾はかれの場合確かにある特別の目的を有していた。かれが唾を夥しく分泌することにおいてほかの乞食たちにまさることは、明らかであった。かれは喜捨を乞うようになる前に、長らくそれを練習していた。かれが以前何を食べていたにせよ、——ほかの者なら誰も食事にこれほど手間どることはなかっただろう。かれの口のいろんな動きには仔細がありそうであった。

それともかれはわたしの硬貨だけを口に入れたのだろうか？　それが日ごろ恵んでもらう額より高いことを掌に感じとって、そのことに謝意を表したかったのだろうか？　わたしは引き続き何ごとが起こるかじっと待ったが、待つことは苦にならなかった。わたしは度を失ない魅入られてしまったし、この老人のほかには絶対に何も目に入らなかった。かれは二、三度『コーラン』の文句をくり返した。アラブ人の男がひとり通りかかり、かれの手に五フラン硬貨を一枚おいた。かれはそれをさっさと口に持って行くと、なかに押しこみ、さっきと全く同じように嚙みだした。今度は必ずしもさっきほど長くは嚙まなかったかもしれない。硬貨を再び多量の唾とともに吐きだし、懐中に納めた。ほかにも何枚かの硬貨——なかに全く小額のものがあった——をもらったが、そのあと何度かくり返された動作は判で押したように変らなかった。わたしはいよいよ途方に暮れた。見れば見るほど、なぜかれがそんなことをするのかますますわからなくなった。しかしひとつのことだけは疑いをはさむ余地もなかった。かれはいつもそれをした。それはかれの習慣、かれ独自の托鉢術であったし、かれに施し物をする人たちも、かれが口を使うことを期待したのである。わたしにはその口が開くたびに赤味を増すように見えた。

　わたしは自分も人に見られていることに気がつかなかった。わたしはおかしな格好をしていたに違いない。そのうえ、しかとは覚えていないが、わたしは驚きのあまりぽかんと口を開けていたかもしれない。突然ひとりの男がオレンジの奥から出てきて、わたしの方へ二、三歩あゆみより、なだめすかすように「これはマラブート（アッラーを愛するあまり、浮世を離れて祈禱三昧に入っている修道僧）ですよ」といったからである。マラブートたちが聖者であること、特異な力を備えていると見られていることは、わたしも知っていた。この言葉がわたしの胸に恐懼の念を呼び起こし、同時に嫌悪の念がただちにうすれて行くのを感じた。わたしははにかみながら尋ねた。「でもどうして硬貨《おかね》を口につっこんだりするのですか？」「しょっちゅうやっていますよ」と男は世にもありふれたことだといわんばかりに答えた。かれはわたしのところから引き返して、またオレンジの山の奥に立った。そのとき初めて、どの屋台の奥からも二、三人の目がわたしに向けられていることに気づいた。驚くべき人間だったのは、事情をのみこむのにこれほど手間どったわたしの方である。

男の説明にこれ以上贅言を要すまいといいたげなひびきがあったので、もう長居はしなかった。マラブートは聖なる男であり、この聖なる男にあっては一切が、おのれの唾さえも聖なるものだ、とわたしは思った。かれは硬貨に唾をつけることによって、それを喜捨する者たちに格別の祝福を授け、かれらが喜捨によって天国で手に入れる功徳を大きくしてやる。かれは天国を信じて疑わなかった。人びとの硬貨がかれにとって必要である以上に、その人びとにとってはるかに必要であるものを、かれ自身は授けてやるほど心が広かった。わたしはそのとき、かれの盲目の顔に浮かぶ、これまでに見かけたほかの乞食たちからかれを際立たせている明るさを理解した。

わたしはその場を立ち去ったが、かれのことは友人全員に話してやれるほどに肝に銘じた。かれに気づいていた友人はひとりもいなかったし、みんながわたしの話の真実みを疑っているように感じられた。翌日同じ場所を捜したが、かれはいなかった。そこらじゅう捜してみた。かれを見つけることはできなかった。毎日捜した。かれはもどってこなかった。ことによると、かれはどこかの山中にひとり住み、たまにしか町に出てこなかったのかもしれない。オレンジ売りたちにかれの消息を聞くこともできないわけではなかったが、わたしはかれらに対して内心忸怩たるものがあったのである。わたしにとってのかれの意味と、かれらにとってのかれの意味とは同じとはいえなかった。かれを見たこともない友人たちにかれの話をしても全然恥ずかしくないのに、かれをよく知り、親しいもの自然なものと思っている人たちからは、かれを引き離しておこうとしたのである。かれはわたしに関しては何も知らなかったが、かれらはわたしのことをかれに話したかもしれない。

かれとは一度、ちょうど一週間後の同じ土曜の晩に再会した。かれは同じ屋台の前に立っていたが、口中に何も含まず噛んでいなかった。『コーラン』の文句を唱えていた。わたしはかれに硬貨を一枚与え、その結果何が起こるかじっと待った。じきにまたかれは硬貨をせっせと噛んだが、それがまだ終らないのに、ひとりの男がわたしのところにやってきて言わずもがなのことを告げた。「これはマラブートです。盲ですよ。あなたにいくらもらったか確かめるために硬貨を口のなかにつっこむんです。」それから男はマラブートにアラビア語で話しかけ、わたしを指さした。老人は噛みおわり、硬貨をまた吐きだした。かれはわたしの方を向き、その顔がぱっと輝いた。かれはわたしのために祝福の言葉を唱え、それを六度くり返した。かれが唱えているあいだにわたしに伝わってくる親しみと暖かみは、いまだかつてどんな人間からも得られたことのないようなものであった。

家の静寂と屋根の空虚

この異国の町になじむためには、さまざまの新しい、理解しがたい声の縺《もつ》れがあまりにひどくなるたびに、一時的に立ち入ることができ、かつひとりでいられるような、ひとつの閉じた空間が必要である。この空間は静かでなければならないし、この空間のなかへ逃れるとき、誰にも姿を見られてはいけない。もっともすばらしいのは、袋小路にもぐりこみ、とある家の扉の前に立ち、すでに手中におさめてある鍵で、物音ひとつ誰にも聞かれずに、それを開けることである。

ひんやりした家のなかへ足を踏み入れ、扉をうしろ手に閉める。なかは暗く、一瞬のあいだ何も目に入らない。今しがたあとにしてきた広場や路地の盲人たちのひとりと変らない。だが視力はたちどころに回復する。二階に通ずる石段が見え、階上に猫が一匹いる。この猫は憧れていた音なき世界の化身である。猫に感謝する。猫が生きているからである。このようにひっそり暮らすることもできるのである。猫は日に千度「アッラー」と叫ばなくても、餌はもらえる。猫は片端ではないし、苛酷な運命に甘んずる必要もない。猫は残忍であるかもしれないが、猫はそれをいわない。

あちこち歩きながら静寂の気を胸に吸いこむ。どこにあの途方もない営為が残っているのだろうか？　目くるめく光と耳をも聾する音は？　何百という人びとの顔は？　当地の家はおおむね路地に面した窓がほとんどなく、時には全然ないこともある。あらゆるものが中庭に向かって開いているし、中庭は天に向かって開いている。中庭という仲立ちがあるからこそ、人は外界との穏やかな、ほどよい関係を保つことができるのである。

しかしまた、家の屋根に登って町じゅうの平屋根を一望することもできる。それは一様な印象であり、さながら壮大な階《きざはし》のように段々と盛り上がって行く。町全体の上を散歩できるのではないか、と錯覚させるほどである。路地は障碍とは見えないし、路地を見ないし、路地のあることを失念する。アトラス山脈の山々が近くに輝いている。山々の光輝がこれほどまばゆくなく、山々と町とのあいだにこれほど多くの椰子の木がなかったら、てっきりアルプスと思ったことだろう。

ここかしこに聳えるマナーラ（光塔。回教礼拝堂に設備された塔で、塔上から呼出役が礼拝の時刻を告げる）は、教会の塔とは趣きを異にする。マナーラはなるほど細高いが、しかし尖っておらず、方形である。眼目は礼拝を促して大音声によばわる声のする、塔上の唱拝所にある。マナーラはむしろ燈台に似ているが、そこに住むのは声である。

家々の屋根の上では、燕の群れが生活している。そこは第二の町の趣きがある。ただ、人間たちの町の路地ではことはゆっくり進行するのに、そこでは速やかに進行する点が異なるにすぎない。この燕たちは休息を知らない。燕たちに眠るときがあるかどうかは疑わしい。燕たちには怠惰や落ち着きや威厳が欠けている。燕たちは空を飛びながら餌をあさる。何もない屋根の上は、燕たちには征服された土地のように見えるのかもしれない。

というのも、人は屋根の上に姿を見せないからである。ここにいれば、童話に出てくるような女たちの姿を見ることができるだろうし、ここから近所の家々の中庭をのぞいて人びとの日常の営みを耳をそばだてて聴くことができるだろう、とわたしは考えた。初めて友人の家の屋根に登ったとき、この期待でわたしの胸は踊った。わたしが遠くの山々や町を眺めているかぎり、かれは満足していた。わたしにじつにすばらしいものを見せてやれたというかれの誇りが感じられた。

しかしわたしが遠いところに飽きて、近いところに好奇の目を向ける気配をみせたとき、かれは不安を覚えた。嬉しいことに女のスペイン語の話し声を耳にした隣家の中庭を眺めているわたしを、かれは不意に制した。

「ここでは誰もそんなことはしないよ」とかれはいった。「誰もそんなことをしてはいけないんだ。わたしはよくそのことで警告を受けてきた。隣りの家の様子を気にかけるのは、下品なことだといわれている。ぶしつけなことだといわれているんだ。もともと絶対屋根の上に姿を現わしてはいけないんだ。いわんや男がそんなことをするなど、もってのほかなんだ。というのも、女たちは時たま屋根の上に行くことがあり、そんなときぐらい誰にも煩わされずにのびのびとしていたいからだよ。」

「しかし女なんかいないじゃないか。」

「ひょっとすると、われわれがここにいるところを見られてしまったかもしれないな」とかれはいった。「世間の信用を失なうね。それから、通りでは誰もヴェールをつけた女には話しかけないんだ。」

「するとわたしが道を尋ねたいときは？」

「きみは男と出会うまで待たなければならないね。」

「しかしきみは自分の家の屋根に坐ろうと思えば坐れるんだろう。きみが隣りの屋根に誰かいることに気づいたとしても、それはきみのせいじゃない。」

「そんなときには、わたしは目をそらさなければならないね。自分がどんなに無関心であるかということを、相手に気づかせなければならないわけだ。われわれのうしろに、ちょうど今女がひとり現われたよ。年取った女中だ。わたしが彼女に気づいたとは夢にも思ってない。だが彼女はもういなくなったよ。」

わたしは振り向く暇さえなかった。「それでは通りにいるよりも屋根にいる方が不自由というわけだ。」

「そのとおりだ」とかれはいった。「誰だって近所の人の不評を買いたくはないからね。」

わたしは燕たちを眺め、燕たちが無頓着にいっぺんに屋根を三つ、五つ、一〇と飛びこえるさまを羨んだ。

格子窓の女

とある小さな、町の井戸のそばを通った。腕白ざかりの少年がそこで水を飲んでいた。わたしは左へ曲ったが、高みから微かな、柔らかな、やさしい声が聞こえてきた。向かいの一軒家をふり仰ぎ、二階の紋様のついた格子窓の奥にひとりの若い女の顔を見た。彼女はヴェールもつけず、放心の体《てい》であり、その顔を格子ぎわに近づけていた。彼女は多くの文章を軽やかに淀みなく口にしたが、これらの文章はすべて愛撫の言葉で組み立てられていた。彼女がヴェールをつけていないことが、どうも不可解であった。彼女は首を軽くかしげており、わたしは彼女から話しかけられているような気がした。彼女の声は決して高まることなく、いつも同じように低かった。その声には、彼女がわたしの頭を腕のなかに抱きしめているのではないかと錯覚させるようなこまやかな愛情がこもっていた。しかしわたしは両手を見たわけではなく、彼女は顔しか見せず、ことによると両手はどこかに繋がれていたかもしれない。彼女の立っているところは暗く、わたしの立っている通りはまばゆい陽光を浴びていた。彼女の言葉は泉水のように滾々《こんこん》と湧き出ては、互いにまじりあって満ちあふれた。わたしはこのような言い廻しでの愛撫の言葉をついぞ聞いたことがなかったが、彼女の言葉こそまさにそれだという気がした。

その声の聞こえてくる家の門を見るためにもっと近づきたかったが、わたしが動けば、その声が鳥のようにぱっと飛び立ちはしないかと恐れた。その声がやんだら、どうするのだ！　わたしは当の声に負けず劣らずやさしく静かにしているよう努力し、ついぞ歩いたこともないような足どりで歩いた。わたしはうまい具合にその声を驚かさずにすんだ。その家のすぐそばに立ったため、格子窓のところの頭がもう見えなくなったときにも、まだその声は聞こえた。その細長い建物は荒れはてた塔の趣きがあった。石がずり落ちてできた壁の隙間からなかがのぞけた。貧弱な板で作られた、飾りひとつない門は針金で固定されていて、開かれるようなことはあまりなさそうであった。心をひきつけるような家ではなかったし、立ち入ることもできなかった。そのなかは暗く、確かにひどく荒涼としていた。角を曲るとすぐ袋小路に出たが、そこはしんと静まり返っていて、物を尋ねようにも人っ子ひとり見かけなかった。この袋小路でも湧き水のようなあの愛撫の声は耳から離れず、はるか彼方のせせらぎのようにひびいた。わたしは引き返し、再び家からいささか離れたところに立って仰ぎ見ると、格子窓のすぐ向うにあの瓜実顔《うりざね》があり、両の唇が動いてやさしい言葉を発していた。

そのときの言葉には、さっきとはいささか異なるひびきがあるように思われ、〈行かないで〉といっているようなあるためらいがちな願いが聞き取れた。わたしが家や門を調べるために姿を消したとき、彼女はわたしが永久に去ってしまったと考えたのかもしれない。ちょうどそのときわたしは戻ってきたのであり、そこにとどまらないわけにはいかなかった。ほかならぬこの町のこの袋小路で、ヴェールもつけずに窓から見おろしている女の顔が道行く人に与える影響を、どう述べればいいだろうか。路地に面したような窓はほとんどないし、たとえあっても窓から外を眺める者はいない。どの家も壁に似ていた。扉やたまには無用の窓が目に入るから、それが家並みだとはわかっていても、壁のあいだをずっと歩きつづけているような気がすることがよくある。女たちについても事情は同じであり、不格好な袋のように路地の上を動きつづける彼女たちを見かけても、別に何とも感じないし、せめてものことに彼女たちの容姿を想像してみようと骨折ることにも、じきにうんざりしてしまう。女たちのことはあきらめるようになる。もっとも、好きこのんであきらめるわけではないのであり、ときには窓辺に現われて道行く人にまで話しかけ、首を軽くかしげたまま、もうずっと相手を待っていたのではないかと思わせるような風情でここを離れようとしない女、ときには相手が背を向けてそっと立ち去るときも話しつづける女、相手がいようがいまいが話すし、つねに誰かにつねに誰にでも話すに違いない女、——そのような女はいわば奇蹟であり不思議であるし、彼女こそこの町にあるだろうどんな見物《みもの》よりも重要だと思いたくもなるのである。

ここにずっと立っていたいのは山々であったが、この辺りは人通りが全然ないというわけではなかった。ヴェールをつけた女たちがこっちへやってきたが、上の格子窓の同性を嘲るようなことは決してなかった。彼女たちは塔に似た家のそばを、話し声など耳に入らぬかのように通りすぎた。彼女たちは立ちどまらなかったし、ふり仰がなかった。変らぬ足どりでその家に近づき、話している女のいる窓の真下を曲り、わたしの立っている路地へきた。しかしわたしは、彼女たちから非難の目で見られたような気がしないでもなかった。ここで何をしているのか？　なぜ立っているのか？　なぜじっと見上げているのか？

小学生の一団が通りすぎた。かれらは道すがら遊びたわむれていたが、上の方の声など耳に入らぬような素ぶりであった。かれらはわたしをしげしげと見た。かれらにとって、わたしはあのヴェールをつけていない女ほど顔なじみではなかったのである。わたしはそこに立ったまま凝視していたので、いささかきまりが悪かった。しかしわたしが立ち去れば、格子窓の顔は落胆の色を浮かべるだろうという気がした。例の言葉が、鳥のさえずりのせせらぎのように流れつづけていたのである。しかしそのときこの言葉に割りこむように子供たちのかん高い叫び声が聞こえてきて、なかなか遠ざからない。かれらはランドセルを背負って学校から出てきた。かれらは道草を食おうとして、路地の上を前へ跳んだりうしろへ跳んだりすることを規則のひとつとするようなちょっとした遊びを発明した。そのためかれらはじつにのろのろと進むので、立ち聞きするのが辛くなった。

幼い子供をひとり連れた女がわたしのそばに立ちどまった。彼女は背後からわたしに近づいたに違いなく、わたしは彼女に気づかなかった。彼女はちょっとそこにいただけであったが、恐ろしい目つきでわたしを見た。そのヴェールの奥に老女の面ざしが認められた。彼女はわたしがそばにいると子供の身が危ないとでもいいたげに、その子をむんずとつかむと、わたしに一言も話しかけずに足をひきずりながら立ち去った。わたしは不愉快になり、その場を去ってゆっくり彼女のあとについて行った。彼女は家数にして数軒ほど路地を下ってから脇へ曲った。わたしが彼女の消えた曲り角に達したとき、袋小路の奥に小さなクッバの丸屋根が見えた。当地では願いごとのある人たちが参詣する聖者の墓は、クッバと呼ばれている。例の老女はクッバの閉ざされた門の前に立って、幼い子供を持ち上げていた。彼女は子供の口を、わたしの位置からはよく見えない何かに押しあてた。彼女はこの動作を何度かくり返してから子供を地面におろし、その小さな手をとると踵《きびす》を返して歩きだした。彼女は袋小路の角に達したとき、再びわたしのそばを通らなければならなかったが、今度は恐ろしい目つきでわたしを見ることもなく、われわれ二人がさっき歩いてきた道を引き返して行った。

わたしはクッバに近づき、木製の門のなかほどに取りつけられた、古びた布切れを巻いたひとつの環を見た。さっき子供が口づけしていたのはこの布切れだったのである。ここではそうした一切がひっそりと行なわれていたので、わたしはとまどってしまい、小学生たちが背後に立ってわたしを見つめていることに気づいていなかった。突然わたしはかれらの明るい笑い声を耳にし、かれらのなかから三、四人がクッバの門に跳んで行き、例の環をつかんで古びた布切れに口づけした。かれらはその際に大声で笑い、四方八方からこの所作をくり返した。ひとりは右から、もうひとりは左から環にぶらさがり、その口づけは大きな舌打ちのように続けざまに音をたてた。かれらはじきにうしろにいる別の子に押しのけられた。どの子もそのやり方をわたしに見せようとした。かれらはわたしがかれらにならってそうすることを期待したのかもしれない。子供たちはいずれも身ぎれいにしていて清潔であり、きっと日に何度か身体を洗ってもらっていたのだろう。しかし例の布切れの方はひどく汚れていて、路地をこの布切れで拭き清めたのではないかと思わせるような趣きであった。その布切れは聖者自身の衣服の切れはしと見なされていて、信者たちはそのなかに聖者の神聖さの一部が含まれていると考えていた。

男の子たちはみんなその布切れに心ゆくまで口づけしたあと、わたしについてきて、わたしを取り巻いた。かれらのうちのひとりがその利発そうな顔でわたしの目を引いたが、かれがわたしと話をしたいらしいことに気がついた。わたしはかれにフランス語で、読めるかと尋ねてみた。かれはいかにも良家の子弟といった感じで「ウィ・ムシュー」と答えた。わたしは書物を一冊小脇にかかえていたが、それを開いてかれに差しだした。かれはゆっくりと、しかし正確にそのフランス語の文章を読んで行った。書物はモロッコ人の信仰上の慣習にかかわるもので、わたしが開いた箇所は聖者ならびに聖者を葬ってあるクッバの崇拝について述べてあった。これを偶然と見るか否かはともかく、かれはそのとき、つい今しがた友だちといっしょにわたしの前で演じてみせたことを、わたしに朗読してくれた。しかしかれはそのことをおくびにも出さなかった。ことによると、かれは読むことに熱中して言葉の意味を全く解さなかったのかもしれない。わたしはかれを褒め、かれはわたしの称賛を大人びた威厳を見せながら受けた。わたしはかれがたいそう気に入ったので、われ知らずかれを格子窓の女と結びつけた。

わたしは荒れはてた家の方を指さして尋ねた。「あの上の 格子窓の女 のひとだが——知っているかね？」

「ウィ・ムシュー」とかれは答え、ひどくまじめな顔つきをした。

「病気かね《エ・レ・マラド》？」とわたしはさらに尋ねた。

「ひどい病気なんです《エ・レ・トレ・マラド・ムシュー》。」

わたしの問いを強めた「ひどい」という言葉に、悲しげな、しかもかれがひたすら甘受していたある運命を悲しむようなひびきがあった。かれは年のころは九歳ぐらいであったが、そのときは重い病気の女といっしょに身のほどをわきまえながらもう二〇年も生活してきたかと思わせるような風情であった。

「頭がおかしいんだね？《エ・レ・マラド・ダン・サ・テート・ネ・スパ》」

「そうなんです、頭が。《ウイ・ムシュー・ダン・サ・テート》」かれは「頭が」といったとき、うなずいたが、自分自身の頭のかわりに、別の類いまれな美少年の頭を指さした。その子の顔は面長で生色なく、眼はぱっちりと黒く、ひどく悲しげであった。子供たちは誰ひとり笑わなかった。かれらは黙ってそこに立っていた。かれらの気分は、わたしが格子窓の女のことを口にしたとたんに一変していたのである。

ミッラ訪問

三日目の朝、わたしはひとりきりになってすぐ、ミッラ（モロッコの各都市にあるユダヤ人街。九世紀初頭に成立）へ行く道を発見した。わたしはユダヤ人が大ぜい立っている十字路にきた。人波はひっきりなしにかれらのそばを通りすぎ、ひとつの角を曲って流れていた。わたしは城壁のなかへはめこまれたような丸屋根を人びとが通り抜けて行くのを見て、そのあとについて行った。この城壁の内部に、つまり四面全部を城壁で囲まれて、ミッラ、すなわちユダヤ人街があった。

わたしはかなり小さな、屋根のない市《バザール》に出た。男たちが地面にひろげた商品の中央にしゃがんでいた。西欧風の服を着た何人かは腰かけたり立ったりしていた。大方の者が当地のユダヤ人をきわだたせている黒い小さな帽子をかぶり、じつに多くの者が髯を生やしていた。最初に目に入った店々では織物が売られていた。ひとりの男が物差しで絹織物の寸法を測っていた。もうひとりの男が考えこみながら鉛筆を走らせて計算していた。かなり豊富に品《しな》をそろえた店もひどく小さく見えた。ある露店のなかでは、二人のたいそう太った男が、そこの経営者であるもうひとりのやせた男のまわりにだらしなく寝そべって、かれと活発に、しかも堂々と話しあっていた。

わたしは努めてゆっくりと通りすぎ、人びとの顔を観察した。顔の多様さは驚くほどであった。ほかの服を着ていたらアラブ人と見紛うような顔をした人びとがいた。レンブラント描くところの、輝くような老ユダヤ人たちがいた。狡猾な穏やかさと謙虚さを見せるカトリックの司祭たちがいた。全身に不安をはっきり現わしている〈さまよえるユダヤ人〉（中世伝説の主人公アハスヴェル。刑場に赴くキリストを辱しめた罰として永遠に地上をさすらう靴匠）たちがいた。フランス人たちがいた。スペイン人たちがいた。赤ら顔のロシア人たちがいた。誰でも思わず挨拶したくなるような太祖アブラハム然とした男がいた。この男はナポレオンに気安く話しかけていた。ゲッベルスに似た激しやすい知ったかぶりをする男が横から話に割りこんでいた。わたしは霊魂輪廻《りんね》（人間の霊魂が死後も存続し、再び他の身体に入るとする信仰）のことを思いだした。恐らく、とわたしは思った、どんな人間の魂もいつかはユダヤ人になるに違いなく、今そうした魂が全部ここにいる。いかなる魂も自分がかつて何であったか思いださず、それが一外人にすぎぬわたしにもわかるほど顔だちにはっきり現われているときでさえも、これらの人間の誰もが自分は聖書の人びとの直系であると固く信じている。

しかしかれらには全員に共通するあるものがあり、わたしはかれらの顔やかれらの表情の豊かさに慣れるとすぐ、この共通するものとは本来何か知ろうとした。かれらは、通行人をふり仰いで判断するという早業《はやわざ》を有していた。わたしがかれらに気づかれずに通りすぎたことは一度もなかった。わたしは立ちどまると、客であることを嗅ぎつけられ、そのために吟味されたかもしれない。しかしたいていわたしは、まだ立ちどまらないうちから長いこと、す早い知的な眼差しを向けられたし、路地の反対側を歩くときもそうであった。なかにはアラブ人のようにだらしなく寝そべっている者もいるにはいたが、かれらでさえその眼差しはだらしなくはなかった。その眼差しは名探偵のようにす早く現われす早く消えたのである。敵意ある眼差しも、冷い眼差しも、無関心な眼差しも、拒否的な眼差しも、限りなく賢い眼差しもあった。しかしそれらの眼差しは決して愚かには見えなかった。つねに警戒を怠らぬとはいえ、予想される敵愾心を喚起することは望まない人間たちの眼差しといえた。挑発の気配は少しもなかったのである。あるのは慎重に隠されている不安であった。

これらの人間の威厳はかれらの用意周到さにもとづくといっても過言ではあるまい。店は一方しか開いていないから、かれらは背後で何が起ころうと気にするには及ばない。同じ人間たちが路地上では自分はあまり安全ではないと感じている。わたしはじきにかれらのなかで、落ち着きがなく心もとなく見える〈さまよえるユダヤ人〉たちがつねに通行人たちであることに気づいた。自分の全財産をかついで回るために、群衆をかきわけて行かねばならなかった人びと。いつ背後から、左から、右から、あるいは四方から同時にその貧弱な財産をひったくる者が現われないとも限らぬと思っている人びと。自分のものだといいきれる店があって、そのなかにとどまっている者にはみんなこれでまずひと安心といった趣きがあった。

しかし路地にしゃがんでごく僅かな品物を売りに出している者たちもいた。よく見かけるのは世にも見すぼらしい、蔬菜や果物の小さな山であった。この連中は、自分たちはもともと売る気が毛頭なく、営業しているという格好を何とかつけているだけだといわんばかりの風情であった。かれらはだらしなく見えた。そういう連中が大ぜいいた。わたしはかれらに慣れるのが容易でないことを知った。それにもかかわらず、わたしはほどなく何を見ても驚かぬ境地に達し、たった一個しかないしなびたレモンを売ろうとしている病身の老人が地面にうずくまっているのを見ても、別に不思議とは思わなかった。

それからわたしは、入口のところの市《バザール》からミッラのかなり奥まで通じている路地を歩いた。路地は人出で賑わっていた。数えきれぬほどの男にかこまれた、二、三人のヴェールをつけていない女たちに出会った。向こうからひとりのひどく年老いた、いかにも風雪に耐えぬいてきたという顔つきをした女がのろのろと歩いてきた。太初の人間の趣きがあった。彼女は遠くの方を凝視し、自分の歩いて行く先を正確に見ているようであった。ほかの人たちが人ごみを通りぬけるために蛇行しているのに、彼女は身を躱《かわ》そうともせず、彼女のまわりはいつも空いていた。彼女はみんなから恐れられていた、とわたしは思う。彼女はじつにゆっくりと歩いていたし、行く手をさえぎる者があればいつでも悪口雑言を浴びせかねなかったからである。彼女がみんなに喚起する恐怖は、彼女がいまだに歩く力を与えられている事実にあったろう。ついに彼女がわたしのそばを通りすぎたとき、わたしは振り返って彼女のあとを目で追った。彼女はわたしの視線を感じた。彼女はその足どりと同じようにゆっくりとわたしの方に向きなおり、両眼をかっと見開いてわたしを睨《ね》めつけたからである。わたしは一目散に逃げだした。彼女の視線に対するわたしの反応はじつに本能的なものだったので、わたしはあとになってやっと自分がそのときどんなに速くその場を立ち去ったかということに気づいたほどである。

わたしは何軒かの理髪店のそばを通った。若い男の店員たちがドアの前に手もちぶさたに立っていた。向い側の地面ではひとりの男が焙《い》った蝗《いなご》の入った籠をひとつ売りに出していた。わたしはあの有名なエジプトの災い（エホバがユダヤ人出国を拒むエジプトに対して与えた十の災厄のひとつ。蝗の大群によって全土の農作物樹木がことごとく食い荒されたことを指す）のことを思いだし、ユダヤ人たちも蝗を食べるのか、と不思議な気がした。ひときわ高い所にある売り場に、顔立ちも顔色も黒人のような男がひとりしゃがんでいた。かれはユダヤ人の小さな帽子をかぶり、石炭を売っていた。石炭はかれのまわりにうずたかく積みあげられており、かれは石炭という壁に塗り込められることになっていて、あとはただその仕事を請け負った職人たちのくるのを待っているだけではないかと思わせるような風情であった。かれの態度がじつに物静かだったので、わたしは最初かれをうっかり見過ごしてしまったが、この石炭の山のちょうど中心で輝いているその両眼がきっかけとなってわたしはかれに気がついた。かれの隣りでは隻眼の男が蔬菜を売っていた。見えない方の眼はひどくふくれあがり、脅迫的な感じを与えていた。かれ自身はきまり悪そうに蔬菜を扱っていた。蔬菜を慎重に一方に押しやり、それからまた慎重に掻き寄せていた。もうひとりの男は地面に置いた五つか六つの石のそばにしゃがんでいた。石をひとつ手にとっては、日方をはかり、眺め入り、さらにちょっと高く差し上げた。その石をもとのところに置くと、またほかの石で同じ遊びをくり返した。わたしはかれのすぐ前に立ったままでいるのに、かれは一度もわたしの方を仰ぎ見なかった。かれはこの地区全体のなかで、わたしに目をくれようともしない唯一の人間であった。かれが売りたいと思っている石は、かれを片時も休ませず、かれの関心は客たちよりもむしろこれらの石の方にあるようであった。

わたしはミッラの奥に深く入りこめば入りこむほど、あらゆるものがいよいよ貧しく見えてくるような気がした。美しい織物や絹がわたしの背後にあった。アブラハムのように見るからに立派で堂々としているような者はひとりもいなかった。表門のすぐそばの市《バザール》は一種の贅沢地帯であったが、本来の生活、素朴な民衆の生活はむしろこっちの方で見られたのである。わたしはそのとき、とある小さな長方形の広場にいたが、ここはミッラの心臓部といった趣きがあった。細長い水場《みずば》のそばに男たちと女たちがまじりあって立っていた。女たちは自分で水を詰めた甕《かめ》をかついでいた。男たちは皮製の水袋に水を詰めていた。かれらの驢馬たちがその傍に立って、水を飲ませてもらおうと待っていた。広場の中央に雑炊屋が何人かしゃがんでいた。肉を焼いている者もいたし、小さな丸いパン菓子を揚げている者もいた。かれらは自分の家族を、妻子を手もとにおいていた。かれらは自分の家を広場に移し、ここに住んで炊事しているといった趣きがあった。

あちこちにベルベル人の服を着た農夫たちが生きた鶏を手にして立っていた。鶏の両脚を括ってそこを持っていた。鶏たちの首は前へたれていた。女たちが近づくと、かれらは彼女たちに鶏を存分に触ってもらおうと差しだした。女が鶏を手にとった。もっともベルベル人は鶏を手放さず、鶏も縛《いまし》めを解かれたわけではなかった。彼女は鶏を押したりつまんだりし、肉のついていそうなあたりを正確につかんだ。誰も、ベルベル人も女もこの検査の最中一言も語らず、鶏も沈黙を守った。それから彼女は鶏をかれの手に戻し、鶏は前と同じようにまたその手にぶらさがった。彼女は次の農夫のところへ行った。前もってたくさんの鶏をろくに調べもしないで鶏を買うような女はひとりもいなかった。

この広場のまわり一帯に店があった。何軒かの店では職人たちが働いていて、その鉄槌や木槌の音が人びとの甲高い話し声のなかではっきり聞こえた。広場の一角に男たちが大ぜい集まって口角あわをとばしていた。かれらのいっていることはわからなかったが、かれらの顔つきから見て、それは世界の大事にかかわるものに違いなかった。かれらは意見を異にし、いろんな論証を振りまわしていた。相手の論証に楽しみながら応酬しているような趣きがあった。

広場の中央に年老いた乞食がひとり立っていたが、かれはわたしがここで目にした最初の乞食であり、ユダヤ人ではなかった。かれは恵んでもらった金銭《かね》を手にして、すぐに鍋のなかでさかんにじゅうじゅう焼けている小さい丸いパン菓子を一個買いに行った。料理人のまわりは客でごった返していたから、この老乞食は自分の番がくるまで待たなければならなかった。しかしかれは自分の切なる願いを満たすときが間近かに迫っても、依然として辛抱づよく待ちつづけた。ついに丸いパン菓子を手に入れたとき、かれはそれを持ってまた広場の中央に立ち、口を大きくあけて、それを平らげた。かれの食欲は広場の上に愉楽の雲のように拡がった。誰もかれのことを気にもとめなかったが、それにもかかわらず、誰もがかれの愉楽の香りを共に吸いこんだし、わたしにはかれが、かれの菓子を食べている記念像が広場の生活と幸福にとって貴重な存在と思われた。

わたしはこの広場に魅せられ、仕合わせであったが、それがかれひとりの力によるものだ、とは信じない。わたしは、まるで自分がそのとき本当はどこか他の場所に、自分の旅の目的地に着いたような気がした。わたしはもはやここから去りたくなかった。何百年も前わたしはここにいたことがあったが、それを忘れていたのであり、そのとき一切がわたしの心に蘇ったのである。

わたしは自分自身の内部に感じている、生のあの緊密さと暖かさが明るみに羅列されていることを発見した。わたしがこの広場に立ったとき、わたしとはこの広場そのものにほかならなかった。わたしは自分がつねにこの広場にほかならぬことを信ずる。

　この広場を離れることがひどくつらかったので、わたしは五分おきないし一〇分おきにまたここへ戻ってきた。そこからさらにどこへ行っても、ミッラのなかでさらに何を探り出しても、わたしは中途でそれを切りあげた。小さな広場に戻って、そのなかを縦横に通り抜け、それがまだ存在していることを確かめるためである。

　わたしは最初かなり物静かな路地のひとつへ曲ったが、そこには店は一軒もなく、あるのは人家だけであった。どこの家にも壁の上や扉のそばに地面より少し高い位置に、どの指も輪郭のはっきりした大きな手が、たいていは青色で描かれていた。これらの手は〈邪悪な目〉（見るだけで人を不幸にするという迷信）を防ぐためのものであった。これはわたしがここでもっともよく見かけたしるしであり、人びとはこれをとくに自分の住んでいるところに取り付けるのを好んだ。開いている扉を通してわたしは中庭をのぞくことができた。中庭は路地より清潔であった。安らかな雰囲気が中庭からわたしの方へ流れてきた。是非ともわたしはなかへ入りたかったが、人の姿を見かけなかったので、そうする勇気はなかった。このような家で突然女性に出くわした場合、どういえばいいか、よくわからなかった。自分が誰かをこわがらせるかもしれぬと考えて、わたしはこわくなった。家々の静寂は外部の者には一種の用心深さとして伝わった。しかしこの静寂も長くはつづかなかった。最初蟋蟀《こうろぎ》の声のように聞こえた、あるか細い、高音のざわめきが次第に強まり、しまいにはわたしは鳥小屋があるのではないかと思った。「何だろう？　ここに鳥を何百羽も飼っている鳥小屋などあるはずがない！　子供たちだ！　学校だ！」じきに疑問は氷解した。耳をも聾する騒音がとある学校から聞こえてきた。

開いている門を通して、わたしは大きな中庭をのぞきこんだ。そこに幼い子供たちが二百人はどぴったり身を寄せあって腰かけていた。走りまわったり地面で遊んでいる子供もいた。長椅子に坐っている多くの子供は綴り字教科書を手に持っていた。三人ないし四人ずつ小グループをつくって、上体を激しく前後にゆすりながら高いかわいらしい声で「アレフ。ベット。ギメル」（ヘブライ語アルファベットの第一・第二・第三字）と朗読していた。小さな黒い頭がリズミックに勢いよく往復した。かれらのうちのひとりの男の子がもっとも熱心で、その動きがもっとも激しかった。かれの口からヘブライ語のアルファベットの音が、次第に体を成しつつある、モーセの十誡のようにひびいた。

わたしはなかへ入り、こみあうこの夥しい子供たちを掻き分けるのに苦労した。かれらのうちで一番小さな者たちは地面で遊んでいた。ひどく見すぼらしい服を着たひとりの教師が、かれらのなかに立っていた。右手には打擲用の皮のベルトを持っていた。かれはへりくだった物腰でわたしの方へ歩みよった。かれの面長の顔はのっぺりして無表情であり、その元気のない硬直さという点で子供たちの活発さと好対照をなしていた。かれは子供たちを掌握できていないようだったし、給料もひどく安そうであった。かれは若かったが、子供たちの若々しさがかれを老けこませていた。かれはフランス語を一言も喋らず、わたしもかれから何も期待しなかった。わたしは耳をも聾する騒音の真只中に立っていささかあたりを見回せたことに満足した。しかしわたしはかれのことを過小評価していたのである。かれの死後硬直の背後には名誉欲に似たものが隠れひそんでいた。かれは教え子たちの学力をわたしに誇示したかったのである。

かれはひとりの小さな男の子を呼びよせ、綴り字教科書のある一頁を、わたしにものぞけるようにその子の目の前に差しだし、次々とす早くヘブライ語の綴りを指し示した。その指示は一行ごとにあちこちへ飛び移った。この男の子は暗記しているので、ろくに読みもせずにいるだけだ、と思いこんだのは早計であった。この子が大声で「ラーローマーヌーシェーティーバーブー」（発音練習用の綴りで意味はない）と読んだとき、その眼は輝いた。一度も読み間違えず吃りもしなかった。かれはかれの教師の自慢の種だったのであり、ますます早く読んだ。かれが読み終えて教師がその綴り字教科書をひっこめたとき、わたしはかれの頭を撫でながらフランス語で褒めてやったが、それをかれは理解した。かれは自分の長椅子に戻り、かれよりはるかに内気な次の男の子にお鉢がまわり、何度か読みまちがっているあいだじゅう、わたしのことなどもう眼中にないようなふりをした。教師はこの子をぴしゃりとたたいて席に戻し、さらに子供をひとりか二人呼びよせた。こうした試みが行なわれているあいだにも、嵐のような騒音はいささかも静まらず、ヘブライ語の綴りは雨粒のように学校という怒濤さかまく海へ降りしきった。

　その間にほかの子供たちがわたしの方に近寄ってきて、わたしを物珍しげに眺めたが、大胆な子も内気な子も媚びるような子もいた。教師は、どういう考えからかさっぱりわからぬが、大胆な子供たちを好きなようにさせておきながら、内気な子供たちを厳しく追い払った。かれにはかれなりの考えがあったのである。かれはこの学校の貧しいあわれな先生であり、公開授業が終ったとき、かれの顔にかすかに浮かんでいた、面目を施したという誇りは消えた。わたしはあくまでもていねいに、しかもかれを引き立てるべく、自分を有力な参観者に見立てて、いささか尊大に謝辞を述べた。わたしの満足はいうまでもなかった。ミッラのどこへ行ってもついその気になってしまうあらずもがなの如才なさのおかげで、わたしは翌日ここを再訪し、そのとき初めてかれにささやかながら礼金を呈そうと心に決めた。わたしは朗読している男の子たちをもう一度ちょっと見た。わたしはかれらが身体を前後に揺さぶるさまに深く心をひかれたのであり、何よりもまずかれらそのものが一番気に入ったのである。それからわたしは歩きだしたが、例の騒音が耳についてなかなか離れなかった。わたしが通りの端に着くまで、騒音は聞こえていた。

通りはそのとき、この通りが広く人に知れわたった要衝へ通じているのではないかと思わせるほどに、先刻よりも賑やかになった。わたしはちょっと離れたところに壁と大きな門を見た。その門がどこへ通じているのか、わたしは知らなかった。しかしその門に近づくにつれて、ますます通りの右や左に坐っている乞食に出会うことが多くなった。ユダヤ人の乞食などついぞ見かけたことがなかったので、かれらを見て驚いた。門に行きついて、かれらが一〇人ないし一五人一列に並んでしゃがんでいるのを見たが、男も女もいて、そのほとんどが中年であった。わたしはいささか当惑しながら通りのまん中に立ちつくし、その門を研究しているようなふりをしながら、ひそかに乞食たちの顔を観察した。

ひとりの若者が横合いからわたしの方へやってきて、壁を指さし「ユダヤの共同墓地《ル・シムチエール・イスラエリット》です」といい、なかを案内してやろうと申し出た。これがかれの語った唯一のフランス語であった。わたしはかれについて足早に門を通り抜けた。かれはすばしこく、われわれは言葉をかわさなかった。ふと気がつくと、わたしは草一本生えていない、ひどく荒涼とした場所にいた。墓石はそのすべてをほとんど見渡せるほどいずれも低かった。歩いていると、ありふれた石塊《いしくれ》に躓くような具合に墓石に躓いてしまうのであった。墓地は巨大な石塊の山の趣きがあった。あるいは墓地はかつてはそのようなものであったかもしれず、かなりあとになって初めて墓地はより厳粛な役割を担わされたのかもしれない。その場所に高く聳えるようなものはひとつもなかった。人が目にする墓石も心に浮かべる骨もすべて横たわっていた。ここをまっすぐ立って歩くのは気持のよいものではなかったし、そんなことは決して自慢の種にもならず、そんな自分が馬鹿らしく思われるのが落ちであった。

地球上の他の地域の墓地は、生きている人びとに喜びを与える仕掛けになっている。その墓地の上には多くのものが、植物や鳥たちが生きているし、そこを訪れる者は夥しい死者のなかでの唯一の生きた人間として、ほかならぬそのことによって自分が元気づけられ励まされるのを感じる。かれには自分自身の状態が羨望に値いするように思われる。かれは墓石の上に人びとの名を読む。かれら全員のあとにかれは生きのこったのである。かれ自身認めようとしないことだが、かれはまるで自分がかれらと決闘して相手をひとりのこらずうち負かしたような気がしないでもない。確かにかれはまたもはやこの世にいない多くの人びとのことを悲しんではいるが、そのおかげでかれ自身は向うところ敵なしである。墓地以外のどこでかれは自分をそのように思えるだろうか？　世界のどんな戦場でかれはたったひとり生きのこるだろうか？　全員横たわっているかれらの真只中に、かれは直立している。しかしまた樹木や墓石も直立している。それらはここに植えられ建立されて、かれに喜んでもらうために存在する一種の遺産としてかれを取り巻いている。

ところが、このユダヤ人たちの荒涼たる墓地の上には何もない。この墓地は真実そのものであり、死の月明風景《モントラントシャフト》である。誰がどこに横たわっていようと、それは墓を眺める者にとって全くどうでもいいことである。かれは身をかがめることもなく、名前を判読しようともしない。墓石はみんな石塊《いしくれ》のようにそこにころがっているし、訪れる者は山犬《ジャッカル》のようにその上をさっと掠めさるのを好む。ここにあるのは、その上にもはやいかなるものも生長しない、死者たちから成る荒地であり、最後の、窮極の荒地である。

少し奥へ入りこんだとき、わたしは背後に叫び声を聞いた。わたしはうしろを向いて立ちどまった。壁の内側にも門のそば近くにも乞食たちが立っていた。髯を生やした老人たちで、何人かは松葉杖にすがり、何人かは盲であった。わたしはそのとき初めてかれらに気がついたので、ぎょっとした。わが案内人はひどく急いでいたから、かれらとわたしは優に百歩は隔たっていた。もっと奥へ入りこまぬうちに、荒地の今まで歩いてきたところをまた引き返すことがためらわれた。しかしかれらはためらわなかった。壁のところにいた群れから三人がぬけ出して、わたしめがけてびっこをひきひき大急ぎで歩きだした。先頭の男は髯がもじゃもじゃに生え、肩幅が広く、厳《いか》つい感じであった。かれは隻脚で、松葉杖をつきながら勢いよく突進してきた。かれはじきに他の連中を大きく引き離した。低い墓石もかれにとっては障害とはならず、その松葉杖はいつも地面のしかるべき箇所をつき、墓石にあたって滑り落ちることがなかった。見るも恐ろしい年老いた獣のように、かれはわたしに向かって突進してきた。どんどん迫るかれの顔には、同情の念を起こさせるような気配は何もなかった。その顔にも全身にも「おれは生きてるんだ。よこせ！」という唯一の狂暴な要求が現われていた。

わたしは何となく、かれが体当りをくらわせてわたしを殺そうとしていると思った。かれはわたしには無気味に見えたのである。蜥蜴《とかげ》のような動きをする、ひょろ長いわが案内人は、わたしが追手につかまらぬうちに、すばやくわたしを引っぱって行った。かれはわたしがこの乞食たちに施し物をするのを嫌って、かれらにアラビア語で何やら呼びかけた。例の松葉杖をついた、厳つい感じの男は、われわれに追いつこうと努めたが、われわれの方が速いことをさとったとき、あきらめて立ちどまった。わたしはなおかなりの道のりを歩いたが、その間腹を立てて口ぎたなく罵るかれの声が聞こえ、かれの背後にとどまっていた他の連中の声がそれといっしょになって、意地悪な合唱となった。

わたしはかれらから逃げることができて、ほっと胸をなでおろしたものの、自分がかれらに空しい期待を抱かせてしまったことを恥じた。隻脚の老人の攻撃は、当人とその松葉杖には勝手がよくわかっている墓石のためにはね返されたわけではなかった。それはわが案内人のすばしこさのために失敗したのである。この不平等なかけくらべでの勝利を自慢するなどもっての外であった。わたしはわれわれのあわれな敵についていささか知ろうと思い、案内人に若干の質問をしてみた。かれは一言も解さず、答えるかわりに満面に白痴めいた笑いを浮かべて、「そうです《ウイ》」といい、「そうです《ウイ》」を何度もくり返した。かれがわたしをどこへ案内するのか、見当がつかなかった。しかし荒地はあの老人にかかわる体験のあとでは、必ずしもそれほど荒涼たるものではなくなった。かれは荒地の正当な住民であり、みすぼらしい墓石の、この石塊《いしくれ》の山の、見えざる骸骨《されぼね》の番人であった。

しかしながらわたしはかれの意義を買いかぶっていた。ほどなくわたしは、ここに住いを定め居ついている一群の人びとのところにきたからである。われわれはとある小高いところの裏手を窪地の方へ曲がり、突然ちっぽけな一宇の礼拝堂の前に立った。外には、この世のあらゆる肉体的欠陥をしょいこんだ乞食たちが五〇人ほど男女入り乱れて半円形に並んで住みついていた。一種族が一所に会したという趣きであったが、その多くは年寄りであった。かれらはいくつかの多彩なグループに分れて地面に腰をおろしていて、そのとき少しもあわてず徐々に動きだした。かれらは祝福の言葉を呟きはじめ、腕を差し出した。しかしながら、わたしが礼拝堂の敷居をまたぐまでは、わたしにあまりに近寄ることもなかった。

わたしは何百本もの蠟燭が点《とも》っている、ひどく小さな、縦長の室を見た。蠟燭は火屋《ほや》のなかに差しこんであり、油に浸されていた。大部分の蠟燭はいくつかのふつうの高さのテーブルの上にところ狭しと並べてあったから、卓上の本を読むみたいにそれらの蠟燭を見おろすことになった。少数の蠟燭はかなり大きな入れ物に入れて天井からつり下げてあった。室のどの側にも、明らかに祈禱役に任ぜられていると思われる男がひとりずついた。男たちの近くのテーブルの上には硬貨が何枚か置いてあった。被り物を持ちあわせていなかったので、わたしは敷居のところでためらった。案内人が自分の黒い帽子をぬいでわたしに手渡した。わたしはかぶってはみたが、それがひどく汚れていたので、いささか有難迷惑でないこともなかった。祈禱の先唱者たちがわたしに目くばせし、わたしは蠟燭の前へ出た。かれらはわたしをユダヤ人とは思わず、わたしは祈禱をあげなかった。案内人はテーブルの上の硬貨を指さしたので、次に自分がどうすればいいか、わたしはさとった。わたしはほんのちょっとそこにいただけであった。蠟燭によって満たされ、蠟燭だけで成り立っている、この荒地の真只中の小室に、わたしは畏怖の念を抱いた。蠟燭からある静かな明るさが生じていた。これらの蠟燭が点りつづけるかぎり、何ごとも完全には終らぬかのように。死者たちがあとに残しているものといえば、この穏やかな炎《ほむら》だけであったかもしれない。しかし堂の外では乞食たちの激しい生が身近に濃厚に感じられるのであった。

わたしが再びかれらのなかへ入って行くと、今度はかれらは本当に動きだした。かれらは四方八方から、よりにもよってかれらの肉体的欠陥をこれ見よがしに、わたしのところへ押し寄せ、趣好を凝らした、しかも強烈きわまる踊りをおどるような身振りで、その肉体的欠陥をわたしに近づけてくるのであった。かれらはわたしの膝をつかみ、わたしの上着に口づけした。かれらはわたしの肉体のあらゆる部分を祝福しているように思えた。大ぜいの人間が口や眼や鼻で、腕や脚で、襤褸や松葉杖で、つまりかれらの肉体のあらゆる部分やかれらのあらゆる身の廻り品で、ひとりの人間に向って祈ろうとしているような趣きがあった。わたしはぎくりとしたが、自分がひどく感動し、じきに恐れと驚きがこの感動のなかで跡形もなく消えうせたことも否めない。人びとがわたしに肉体的にこれほど接近するようなことはついぞなかった。わたしはかれらの汚なさを忘れたし、そんなことなどわたしにとってはどうでもよかったし、わたしは虱《しらみ》のこともまるで念頭になかった。生きている人間にとって、自分の肉体を汚してもらうことがいかに魅惑的であるかということをわたしは感じた。この凄まじい崇拝はそれだけの犠牲を払う価値があるように見えたし、どうしてそれが奇蹟を呼び起こしてはいけないのだろうか？

　しかしわが案内人は、わたしが乞食たちの手のなかにとどまらぬように骨折った。かれは乞食たちにいろいろうるさいことをいったが、その文句はかなり月並みで一向に効き目が現われなかった。わたしはかれら全員に恵むに足るだけの小銭の持ち合わせがなかった。かれは恵んでもらえなかった連中を激しく罵り怒鳴りつけて追い払い、わたしの腕をとると引っぱって行った。われわれが礼拝堂をあとにしたとき、わたしが尋ねもしないのに、かれは例の白痴めいた笑いを浮かべながら三度「そう《ゥ》です《ィ》」といった。同じ道を引き返したとき、わたしにはそこがさっきと同じ石塊《いしくれ》の山には見えなかった。そのときわたしには、この石塊の山の生命と光がどこへ収斂していたかわかった。松葉杖をつきながらあれほど精力的にかけくらべをした、門の手前にいる例の老人がわたしを睨《ね》めつけたが、黙したまま呪いの言葉をぐっとこらえていた。わたしは墓地の門の外へ出、わが案内人は最初に姿を現わしたときと同じす早さで、同じ場所に姿を消した。かれは墓地の壁の割れ目のなかで暮らしていて、たまにそこから出てくるのかもしれない。もっとも、かれは当然受けとるべきものを受けとってから姿を消したのであり、別れしなにかれは「そう《ゥ》です《ィ》」といった。

ダッハン家

翌朝再びミッラにきたとき、わたしは自分で〈心臓部〉と呼んでいる小さな広場へできるだけ急いで行き、ついであの仮面をつけたような教師からかりそめの恩義を受けたままになっている学校へ行った。かれはわたしを、初めてそこを訪れた人間のように、前日といささかも変らぬ態度で迎えた。かれは例の朗読会をそっくりそのまま再現しかねなかったろう。しかしわたしは先手をうって、かれから受けたと思う恩義に報いた。かれはいささかもためらうことなく、その顔をいっそう強ばった、愚鈍なものに見せるかすかな笑いを浮かべながら礼金をさっと受けとった。わたしは子供たちのあいだをいささか歩きまわり、前日深い感銘を受けた、かれらのリズミックな動きを伴なう朗読ぶりを観察した。それから学校を出て、ミッラの路地を行き当たりばったりにぶらついた。どこかの家に入ってみる気になっていた。今度こそ一軒の家をなかから見ないうちは、ミッラを去るまいと心に決めていたのである。しかしどうやって入りこむのだ？　それには何らかの口実が必要であったが、運よくじきにいい口実が見つかったのである。

わたしはかなり大きな家々のうちの一軒を選んで前に立ちどまったが、その家の正門には言うにいわれぬ見事さがあり、そのため路地に立ち並ぶ他の家々のなかでもひときわ目立った。門は開いていた。色の浅黒い、艶やかな若い女がひとり坐っている中庭をのぞきこんだ。わたしの目を最初に引きつけたのは彼女であったかもしれない。中庭で子供たちが遊んでいた。学校のことならもういささか経験ずみであったので、この家を学校に見立てて、子供たちに関心があるようなふりをすればいいと思いついた。

わたしが立ったまま、子供たちの頭越しにその女をじっとのぞき見していたとき、思いがけず長身の若い男がひとりすぐさま奥から出てきて、わたしに近づいた。すらりとした男で、昂然たるところがあり、波のようにうねる裾長《すそなが》の服を身につけたところはなかなか上品であった。かれはわたしの前に立ちどまると、真剣な探るような目つきでわたしを眺め、アラビア語でわたしの来意を尋ねた。わたしはフランス語で応じた。「ここは学校ですか？」かれはわたしのいうことがわからず、いささかためらったあとで、「お待ちください《アタンデ》！」といい、踵をめぐらした。これはかれが口にした唯一のフランス語ではなかった。かれよりも若く、極上のヨーロッパ製の服を着用して祭りの当日みたいにフランス流にめかしこんだ男といっしょに戻ってきたとき、かれはさらに「わたしの弟は《モン・フレール》」と「フランス語を話します《パルル・フランセ》」とがいえたからである。

この弟は顔はのっぺりして、鈍感そうで、農民的であり、肌は暗褐色であった。身なりが違っていたら、わたしはかれをてっきりベルベル人と思ったろうが、それでも美しいベルベル人とは思わなかったろう。かれは本当にフランス語を話し、わたしの希望を質した。「ここは学校ですか？」とわたしは、そのときすでにいささか罪作りな話だと思いながら尋ねた。わたしは止むにやまれずもう一度中庭の奥のあの女をちらっと見てしまっていたからであり、かれらはそれを見逃していなかったのである。

「いいえ」と弟はいった。「昨日ここで結婚式があったんです。」

「結婚式が？　昨日？」わたしはわけもわからず驚倒した。わたしの激しい反応ぶりを見て、かれは説明を補う必要を感じたらしく、「兄が結婚したんです」といった。

かれはちょっと顔をそらして、なかなか上品に見える兄の方を指した。そのときわたしは説明してくれたかれに礼をいって退散し、再び散歩をつづけるべきであったろう。しかしわたしはためらい、その若い夫は手招きしながら次のようにいった。
「お入りください《アントレ》！　お入りください！」弟も口添えした。「家をご覧になりませんか？」わたしは礼をいって中庭へ入った。

子供たちは——一二人ほどいたかもしれない——、四方に散ってわたしに道をあけてくれた。わたしは中庭を通り抜け、二人の兄弟がわたしを案内した。あの艶やかな若い女が立ち上がり——わたしが想像していたよりもずっと若く、一六歳ぐらいに見えた——、弟が兄嫁だといって彼女をわたしに引き合せた。昨日結婚したのは彼女だったのである。中庭の奥にある部屋の扉が開けられ、わたしは請じ入れられた。その清潔整頓の行きとどいたかなり小さな部屋には、ヨーロッパ風の家具調度が備えつけてあった。扉の左手には大きなダブルベッド、右手には暗緑色のビロードの布をかけた大きな正方形のテーブルがあったのである。うしろの壁ぎわには、瓶やリキュールグラスが見られる食器戸棚が置いてあった。テーブルのまわりの椅子はまさに画竜点睛の趣きがあった。フランスのひどく質素な小市民の住まいの内部にどことなく似ていた。かれらが住んでいるこの土地特有の風趣を現わすようなものはひとつもなかった。確かにそこはかれらの最上の部屋であったし、わたしはその家のほかのすべての部屋にも津々たる興味を抱いたことだろう。しかしかれらはここに席を設けることによって、わたしに敬意を表するつもりだったのである。

フランス語を解するものの、ほとんど口をきかない若い妻は、食器戸棚から瓶とグラスを取り出すと、当地のユダヤ人の醸造になる火酒《シュナップス》をわたしに注いでくれた。銘はマハヤー(葡萄を原料とする蒸溜酒。ヘブライ語「昔何が起こったか」の意)、かれらの愛飲する酒である。わたしが回教徒たちと話をしていてよく感じるのは、本来酒類を一切禁じられているはずのかれらがこのユダヤ人用の火酒《シュナップス》を羨んでいる節があることであった。弟がわたしに飲むように勧めた。われわれ三人はみんな、つまりかれとかれの兄嫁とわたしは席についていたが、新郎である兄の方はほんのちょっと儀礼的に扉のそばに立ち、それから部屋を出て行った。かれはすることが山ほどあったろうし、もちろんわたしとは話が通ずるわけもなかったので、わたしを妻と弟に任せたのである。

その妻は褐色の眼をすえてわたしを見つめ、わたしから視線をそらさなかったが、その眉ひとつ動かさぬ表情からは、彼女がわたしをどう考えているのか見当もつかなかった。彼女はフランス人の百貨店でもとめたらしい、花模様の簡単服を着ていたが、それは部屋の家具調度に似つかわしかった。紺色のおかしくなるほどアイロンのよくきいた洋服を着こんだ、彼女の義弟はたった今パリの洋服屋の陳列窓から抜け出たような風情であった。部屋全体のなかでただひとつエキゾチックなものは、この二人の浅黒い肌であった。

若い男の方がわたしに丁寧に質問しているあいだずっと――もちろんわたしもかれほど固苦しくないにせよ、同じくらい丁寧に答えようと努めたが――、わたしはいつも、向かいに坐っている、ものいわぬ美人が少し前に初夜の床《とこ》から起き上がったのだということを考えていた。もう昼近かったが、彼女はきっと今日は朝寝をしたのだろう。わたしは、彼女が人生におけるこの本質的な変化を体験して以来初めて目にした他人にほかならなかった。彼女に対するわたしの好奇心はわたしに対する彼女のそれに匹敵した。わたしをこの家に引き入れたのは彼女の眼にほかならなかったし、今度はわたしが彼女相手ではないにせよ淀みなく話をしている最中に、彼女はじっとその眼をすえ黙ってわたしを見つめていた。わたしは自分がこの団欒中にばかばかしい期待をひたすら抱きつづけていたことを思いだす。わたしは彼女が心のなかでわたしと、わたしが大いに好意を寄せていた新郎とを比較するようにと期待した。わたしは彼女がわたしよりもかれを、わたしの異様なでしゃばり――その裏に彼女は力や富を想像したかもしれない――よりもかれの素朴な高ぶりとちょっとした気品をよしとするようにと願った。わたしはかれのために自分の敗北とかれの結婚の幸福を祈ったのである。

若い男がわたしにどこからきたかと尋ねた。

「イギリスから」とわたしはいった、「ロンドンです。」わたしは当地では人びとを混乱させぬために、このような簡潔な返事をする癖がついていた。かれはわたしの返事にいささか失望の体《てい》であったが、かれが何を聞きたがっているのか依然としてわからなかった。

「こちらへは観光でいらっしゃったんですか？」

「ええ、モロッコは初めてです。」

「バヒア（一九世紀末に建造されたスペイン・ムーア様式の宮殿。「光輝ある者たち」の意）にはもう行かれましたか？」

それからかれは市内で一般に公開されている名所旧跡を並べ立て、ここは見たか、あそこはまだかと確かめはじめ、最後にわたしを案内するといいだした。土地の男に案内を任せたら最後、何も見れなくなることはわかっていたし、相手の望みをできるだけ速かに断ち、話をそらすために、わたしがイギリスの映画会社の連中といっしょに当地に滞在していること、かれらのためにすでにパシャ（ここではマラケシュの首長の称号をさす）が個人的に案内人をつけてくれていることを話してやった。わたしは本来この映画会社とは何のかかわりもなかった。しかし映画を製作している、イギリスの一友人がわたしをモロッコへ招待してくれたのであり、わたしといっしょにいるもうひとりの若いアメリカの友人がその件で一役買ってくれたのである。

わたしの説明は覿面《てきめん》にきいた。かれはもう町を案内することに固執しなかったが、全く別の希望がかれの念頭にはっきり浮かんできた。あなたがたのところで自分を雇ってくださるわけにいかないでしょうか？　自分は何でもやります。自分はもう長いこと失業しているんです。かれの愚鈍で陰気な感じのする顔を、そのときまでわたしは不可解だと思いつづけてきた。その顔はほとんど反応しなかったし、反応してもその仕方がひどくおそかったので、この人間の心には何ごとも起こらないのだと思わざるをえないわけであった。しかしそのときわたしはかれの身なりがかれの境遇についてのわたしの判断を誤らせたことを悟った。かれは長らく失業中であったからこそ、あのように陰気に見えたのかもしれず、家庭にもかれをそうした気分におちいらせる雰囲気があったのかもしれない。友人の会社のちょっとしたポストがとっくに全部ふさがっていることは知っていたので、わたしはかれに幻想を抱かせぬために、すぐにかれにそのことを告げた。

かれはテーブル越しに頭をいささかわたしに近づけると突然尋ねた。

「あなたはユダヤ人ですか《エト・ヴ・イスラエリット》？」

わたしは感激しながらそうだと答えた。今度こそ何かを肯定できるということがひどく嬉しかったのであり、またこの告白がかれに及ぼすかもしれぬ影響もわたしの好奇心をそそった。かれは相好をくずして笑い、大きな黄ばんだ歯をむきだした。ちょっと離れてわたしと対座している兄嫁の方を向くと、かれはこの事実を知った喜びを彼女に伝えるために盛んにうなずいた。彼女は眉ひとつ動かさなかった。むしろいささか失望の体《てい》であった。ことによると、彼女は赤の他人に対してはあくまでよそよそしく振舞いたいと念じていたのだろう。かれの顔はなおしばらく喜びに輝いていた。それからわたしの方が質問しだしたとき、かれはわたしが予期していたよりもいささか流暢に答えた。

わたしはその兄嫁がマザガン（エルジュダイダの別名）出身であることを知った。この家はいつもこれほど人でいっぱいになるわけではなかった。親族一同が子供連れでカサブランカとマザガンから結婚式に参列するためにやってきていた。かれら全員がこの家に滞在中で、そのため中庭があれほどひどく賑やかだったのである。かれはエリー・ダッハンといい、わたしがかれと同名（カネッティの名はイスラエル初期の予言者エリア Elias に因む）であることを知って鼻高々であった。かれの兄は時計屋であったが、自分の店は持たず、よその時計屋に勤めていた。わたしは何度も酒を飲むように勧められ、昔母によく作ってもらったようなピクルスが出た。わたしは飲んだが、ピクルスは丁重に断わり――それがわたしの望郷の念をかき立てたためかもしれない――、その結果ついにかれの兄嫁の顔にある明らかな反応が浮かんだ、同情の色が。わたしは自分の祖先がスペイン系らしいことを話して聞かせ、古いスペイン語を話す人びとがミッラにまだいるか尋ねてみた。かれはひとりも知らなかったが、それでもスペインにおけるユダヤ人たちの歴史はつとに聞き知っていることが、わたしにもわかった。かれはそのフランスかぶれのいでたちと自分の周囲のきわめて狭い範囲のことしか考えぬような状況とを越える一面を、初めてわたしに見せてくれたのである。それから再びかれが尋ねた。イギリスにユダヤ人はどのくらいいるのでしょうか？ かれらは元気に暮らしていますか、どのような扱いを受けていますか？ かれらのなかには偉い男の人がいるのでしょうか？ わたしは突然、自分がよい友人に恵まれて幸福に暮らしてきたその国に対して、衷心より感謝しなければならぬような気がし、かれにもわたしの気持を理解してもらうため、その国に高い政治的威信をもたらしたイギリス系ユダヤ人であるサムエル卿（ヘルバート・サムエル子爵一八七〇―一九六三。イギリスの政治家、郵政長官、内相、パレスチナ高等弁務官を歴任）のことを話して聞かせた。

「サムエルですって？」とかれは聞きかえし、再び喜色満面となったので、わたしはかれが卿のことを話に聞いていて、その生涯に通じているものと思った。しかしそれはわたしの思い違いであった。かれは若い妻の方を向いて、こういったからである。「わたくしの兄嫁の旧姓です。彼女の父はサムエルといいます。」わたしは彼女に疑いの目を向けた。彼女は盛んにうなずいた。

この瞬間からかれの質問ぶりは前よりも大胆になった。イギリスの歴代内閣の一員であったとわたしから聞かされたサムエル卿の遠縁にあたるという感情が、かれを鼓舞したのである。あなたがたの会社にはほかにまだユダヤ人がいるのでしょうか？ ひとりいる、とわたしは答えた。その方をお連れくださるわけにいかないでしょうか？ わたしはそうしようと約束した。アメリカ人はあなたがたといっしょではないのでしょうか？ 初めてかれは〈アメリカ人〉という言葉を口にした。わたしはそれがかれの金言にほかならぬことに気づき、かれが当初わたしがイギリスからきたことに失望の色を見せたわけを知った。わたしはわれわれと同じホテルに滞在中の友人のアメリカ人のことを話してやった。もっともかれが〈ユダヤ人《イスラエリット》〉ではないことを付言しないわけにはいかなかった。

かれの兄が再び部屋に入ってきた。かれはわたしの度を越した長尻に気づいたのかもしれない。かれは妻の方をちらと見た。彼女は相変らずわたしをじっと見つめていた。自分は彼女のためにずっとそこにとどまっていたし、彼女と言葉をかわしたいという望みを捨てていなかったのだ、と思った。わたしは弟に、もしわたしに会いたければ、いつでもホテルにきていいと告げ、肱かけ椅子から立ちあがった。わたしは若い妻に別れの挨拶をした。兄弟が二人ともわたしを家の外まで送って出た。新郎は何となくわたしの行手をさえぎるような格好で門の前に立ち、わたしはふと、かれが家の見物料を期待しているのかもしれない、と思った。しかしまたわたしはかれを傷つけたくなかったし、依然としてかれが大好きであったから、一瞬途方に暮れてしまった。いつわたしの手が内ポケットに近づき中途で止まったかわからないが、はっと気がついたときには、それは胸を掻きむしるふりをしていた。弟がわたしに助け船を出し、アラビア語で何やらいった。わたしを指す〈ユダヤ人《イエフディ》〉（ヘブライ語）という言葉が聞こえた。相手は親しげな、しかしいささか失望したような握手をしたあと、わたしを帰してくれた。

次の日、早速エリー・ダッハンはわたしに会いにホテルにきた。かれはわたしの不在を知って再度来訪した。わたしは外出がちで、かれは運がなかった。かれはわたしが居留守を使っているとでも思ったかもしれない。三度目か四度目に、かれはやっとわたしに会えた。わたしはかれをお茶に誘い、かれはわたしについてジァーミア・ル・ファナー（町の中央にある大広場で、出店、大道芸人が集まり、一日中人で賑わう。「死者たちの集い」の意）

へ行き、何軒かあるカフェの歩道に張り出したテラスのひとつにわれわれは席をとった。かれは前日と全く同じ服を着ていた。最初かれはほとんど口をきかなかったが、その表情のない顔からさえ、わたしに相談事があるらしいことは推察できた。真鍮の板に彫刻したものを売っている老人が、われわれのテーブルに近づいた。その黒い、小さな、縁なしの帽子、服装、髯で、かれがユダヤ人であることはすぐわかった。エリーは仔細ありげにわたしの方へ身をかがめ、一大事を打ち明けねばならぬといった面持で、こういった。「あれはユダヤ人です《セ・タ・ニスラエリット》。」わたしは喜んでうなずいた。われわれの周囲にいる客はアラブ人たちばかりで、ヨーロッパ人は一人か二人見かけただけであった。われわれのあいだの、前日の了解が回復されて以来、そのとき初めてかれは気が楽になったらしく、その願い事を口に出した。

自分のためにベン・ゲリール基地（米軍がモロッコ内にもつ戦略空軍基地のひとつ）の司令官に手紙を書いていただけないでしょうか？　自分はアメリカ人のところで働きたいのです。

「どんな手紙です？」とわたしは尋ねた。

「司令官にわたくしを就職させるようお伝えください。」

「しかしわたしは司令官とは全く面識がありませんよ。」

「かれに手紙を書いてください」とかれは、わたしの言い分など聞いていないような素ぶりでくり返した。

「司令官とは面識がありません」とわたしもくり返した。

「かれにわたくしを就職させるようお伝えください。」

「しかしわたしは、かれの名前さえ知らないのですよ。それでどうしてかれに手紙を書けますか？」

「わたくしがその名前をお教えします。」

「いったいそこでどんな仕事をなさりたいのですか？」

「コム・プロンジゥール（皿洗いとして）」とかれは答え、わたしの記憶では確かこの言葉は食器を洗う者を意味するはずであった。

「前に一度そこにいたことがおありですか？」

「アメリカ人たちのところで〈皿洗い《プロンジゥール》〉をしたことがあります」とかれはひどく誇らしげに答えた。

「ベン・ゲリールで？」

「そうです。」

「で、なぜそこを出られたのですか？」

「解雇されたんです」とかれはさっきと全く同様に誇らしげに答えた。

「それはもうずっと前のことですか？」

「一年前です。」

「では、なぜもう一度就職を申し込みに行かれないのですか？」

「モロッコ生まれの連中は基地への立入りを禁止されているんです。そこで働いている者は別ですが。」

「しかしなぜ解雇されたのですか？——あなた自身がそこを出たいと思われたのではありませんか？」とわたしは如才なくいい添えた。

「仕事はあまりありませんでした。解雇された者はたくさんいます。」

「仕事がほとんどないとすると、あなたの就職もほとんど脈がないでしょうね。」

「司令官にわたくしを就職させるよう手紙を書いてください。」

「わたしの手紙などまるで効果がないでしょう、かれとは面識がありませんから。」

「手紙があれば、わたくしは面会を許されるんです。」

「しかしわたしはアメリカ人ですらないのですよ。わたしがイギリス人だということはもうお話しました。覚えていらっしゃいませんか？」

かれは額に八の字をよせた。かれがわたしの異議に耳を貸すのは初めてであった。かれは何やら考えこみ、それからこういった。

「あなたのお友だちはアメリカ人です。」

そのときわたしは理解した。正真正銘のアメリカ人の正真正銘の友人であるわたしなら、ベン・ゲリール基地の司令官に、エリー・ダッハンを〈皿洗い《プロンジウール》〉として就職させるよう要求する手紙を書けるはずだ、というわけである。

わたしはアメリカの友人と相談してみると告げた。かれならこんな場合にどうすればいいかきっと知っていよう。ことによると、かれ自身が件《くだん》の手紙を書いてくれるかもしれぬ。しかしもちろんまずかれに確かめる必要がある。わたしはかれが個人的には司令官とは一面識もないことを知っているが、と。

「かれが弟《フレール》も就職させるよう手紙に書いてください。」

「あなたの兄さん《フレール》？　あの時計屋さんですか？」

「わたくしの下にも弟がひとりいるんです。シモンといいます。」

「弟さんのお仕事は？」

「仕立て屋です。弟もアメリカ人たちのところで働いていたんです。」

「仕立て屋をして？」

「弟は洗濯物の枚数をチェックしていました。」

「ところで、弟さんもそこを出られてもう一年になるのですか？」

「いいえ。一四日前に解雇されたんです。」

「つまり、弟さんの仕事はもうないというわけですね。」

「二人のために手紙を書いてください。わたくしが司令官の名前をお教えします。あなたのホテルから手紙を出してください。」

「友人と相談してみましょう。」

「わたくしが手紙をホテルにいただきにあがりましょうか？」

「友人と相談しておきますので、二、三日してからお出でください。その節、友人があなたのために手紙を書いてくれるかどうかご返事しましょう。」

「司令官の名前はご存じないですか?」

「ええ。あなたの方でその名前を教えるとおっしゃったでしょう?」

「司令官の名前はホテルのあなたのお部屋へお届けしましょうか?」

「ええ。それで結構です。」

「今日、司令官の名前をお届けします。司令官に、わたくしと弟を就職させるよう手紙を書いてください。」「明日その名前を届けてください。」わたしはいらいらしてきた。「友人との相談がすまないうちは、あなたに何もお約束できません。」

わたしは自分がかれの家族の家に足を踏み入れた瞬間を呪った。かれはこれから毎日、ことによると日に一度ならずやってくるだろうし、何度も同じ文句をくり返すだろう。わたしはあの人たちの歓待を受けるべきではなかったろう。折しもかれは次のようにいった。

「もう一度わたくしどもの家へお寄りくださいませんか?」

「今からですか? いや、今はほとんど暇がありません。またの機会に喜んで。」

わたしは席を立って、テラスを出た。かれは煮えきらぬ態度で席を立ち、わたしに従った。かれがためらっていることに気づいたが、われわれが数歩ほどあるいたとき、かれは質問した。

「勘定はおすみですか？」

「いや。」わたしはそれを忘れていた。わたしは一刻も早くかれから逃げだしたかったので、かれにおごったコーヒーの代金を払うのを忘れていたのである。わたしはかれに対して面目ないと思い、わたしの苛立ちはおさまった。わたしは引返して代金を払い、かれといっしょにミッラに通ずる路地をぶらついた。

今度はかれが何となくわたしの案内役にまわり、わたしがすでに見て知っているものを片っ端から指して教えてくれた。かれの説明はいつも二つの文章から成り立っていた。つまり「これはバビアです。バビアにはもう行かれましたか？」と「そこにいるのは金細工師たちです。金細工師たちはもうご覧になりましたか？」わたしの答えもそれに劣らず紋切り型であった。「ええ、そこへはもう行きました。」あるいは「ええ、かれらはもう見ました。」わたしの抱いた願いはただひとつ、単純なものであった。かれがわたしの案内役などつとめる気がしなくなるような名案はないものか？ということである。しかしかれは自分が役に立つことをわたしに行為によって証明しようと心に決めていたし、愚かな人間の決心は梃子でも動かぬものである。かれが譲歩しそうもないのを見てとったとき、わたしはある策略を用いてみた。わたしはスルターンの宮殿であるベリマのことを尋ねた（スルターンすなわちモロッコの元首はフェス、メクネス、マラケシュ、ラバトの四市に順次滞在する習慣がある）。そこへはまだ行っていない、とわたしはいったが、そこへの立ち入りが禁止されていることは先刻承知の上であった。「ラ・ベリマ？」とかれは嬉しげにくり返した。「叔母がそこに住んでいます。わたくしがご案内しましょうか？」

こうなった以上、わたしは無下に断わるわけにもいかなくなった。かれの叔母がスルターンの宮殿に何の用があるのか、もちろん見当もつかなかったが。あるいは彼女はそこで門番をしているのだろうか？　洗濯婦だろうか？　炊事婦だろうか？　こんなことを考えながら宮殿まで歩いて行くのも一興であった。わたしはその叔母と親交を結んで、そこでの生活についていささか聞き知ることができるかもしれないのであった。

ベリマへおもむく途中、われわれのあいだでマラケシュのパシャであるグラウイー（モロッコ独立以前における最有力の地方首長。親仏派として政界に重きをなし、「南方のスルターン」と称された）のことが話題になった。二、三日前に、モロッコの新スルターン（モハメッド・ベン・アラファ。一九五三年仏政府によって任命され、五五年退位）暗殺未遂事件がその宿所のマスジドのなかで発生した。暗殺者にとって礼拝は王の身辺に達する唯一の機会だったのである。この新スルターンは老人であった。かれは、フランス政府によって退位させられモロッコから追放されていた前スルターン（ベン・ユースフ・一九一〇―六一。モロッコ人が政教の主と仰ぐアラブ人。四七年以降公然と反仏的態度をとる。五五年復位、五八年モハメッド五世になる）の叔父であった。フランス政府の手先とみなされたこの叔父のスルターンに対し、独立党（四三年結成されたイスチクラル党。これによって組織的な民族主義運動が起こる）はあらゆる手段をつくして闘争した。全土の原住民のなかに、かれを強力に支持した者がひとりだけいた。それが、六〇年このかたフランス政府のもっとも信頼しうる同盟者として知られている、マラケシュのパシャのエル・グラウイーであった。グラウイーは新スルターンのお伴をしてマスジドに入り、暗殺者をその場で射殺したのであった。スルターン自身は軽傷を負っただけであった。

この事件の直前に、わたしはひとりの友人と連れだって町の例の地区へ散歩に行っていた。われわれはたまたまこのマスジドの前にやってきて、スルターンの到着を待つ群衆を見物していた。すでに一連の暗殺未遂事件が起こっていたので、警察当局は神経を極度にとがらせていて、警備にてんてこまいであった。われわれもすげなく退去させられたが、原住民たちが警察の警戒線ぎりぎりのところまで詰めかけたとき、警官たちは怒り狂って喊声をあげながらかれらに襲いかかった。こういう事情では、われわれはスルターンの到着を待つ気になれそうもなく、再び散策をつづけることにした。三〇分後に暗殺未遂事件が発生し、そのニュースはたちまち町じゅうにひろまった。――わたしが新しい同伴者と歩いているのは再びそのときと同じ路地であった。それでグラウイーのことが話題になったのである。

「パシャはアラブ人を憎んでいます」とエリーがいった。「かれはユダヤ人を愛しています。かれはユダヤ人の友です。かれはユダヤ人がひどい目にあうのを黙って見過ごしません。」

かれはふだんよりも饒舌かつ早口で、その声に古い史書を暗誦しているのかと錯覚させるような奇妙なひびきがあった。ミッラそのものも、このグラウイーについての話ほどには中世風な印象をわたしに与えなかった。かれが同じ話をくり返したとき、わたしはかれの顔をひそかに眺めた。「アラブ人はかれの敵です。かれはユダヤ人を身辺においています。かれはユダヤ人と語ります。かれはユダヤ人の友です。」かれは〈グラウイー〉という姓よりも、尊厳を表わす〈パシャ〉という称号の方を好んだ。わたしが〈グラウイー〉というたびに、かれはいつも〈パシャ〉といい返した。それはかれの口から、かれがさきほどわたしを逆上させた〈司令官〉という言葉のようにひびいた。しかしながらかれの最高級かつ最有望の言葉は依然として〈アメリカ人〉であり、さすがのグラウイーもかたなしであった。

われわれはそのあいだに、とある小さな城門をくぐり抜けて、町の城壁の外部にある地区へ入って行った。家はいずれも平屋ばかりで、見るからに貧弱であった。小さな、でこぼこの路地では人にめぐり会うこともほとんどなく、時おり遊んでいる子供を二、三人見かけるにすぎなかった。かれが世にも見すぼらしい家々の一軒の前に立ちどまって、次のようにいったとき、われわれがここからどのようにして宮殿に達するのか、わたしにはわからなかった。

「ここに叔母がいます。」

「ベリマに住んでいるのではないのですか？」

「ここがベリマです」とかれはいった、「この地区全体がベリマと呼ばれているんです。」

「すると、ここにはユダヤ人も住めるわけですか？」

「ええ」とかれはいった、「パシャが許可してくれました。」

「ここに大ぜいいるのですか？」

「いいえ、ここにいるのは大ていアラブ人です。でもユダヤ人もここに何人か住んでいます。叔母にお会いになりますか？　祖母もここに住んでいます。」

再び一軒の家を内部から見ることができるのがひどく嬉しかったし、しかも当の家がこれほど質素で見すぼらしいとは願ってもないことであった。わたしはこの取引きに満足した。それに、わたしはかれのいうことをすぐに理解していたら、スルターンの宮殿よりもむしろこの家を訪れる方を楽しみにしただろう。

かれは扉をたたき、われわれはちょっと待った。打ち解けた、晴ればれした顔つきの若い元気そうな女性が姿を現わした。彼女は先に立ってわれわれを案内したが、どの部屋もペンキを塗ったばかりで、われわれを迎えるにふさわしい場所が見当らなかったので、いささか困惑の体《てい》であった。われわれは三つの部屋に面したささやかな中庭に立っていた。エリーの祖母がそこにいたが、年寄りじみたところはいささかもなかった。彼女は微笑しながらわれわれを迎えたが、かれのことを格別自慢しているようにも見えなかった。

幼い子供が三人中庭を歩きまわり、ありったけの声を出して叫んでいた。まだひどく小さく、構ってもらいたがった。とりわけ小さな二人の子供の喚き声は耳をも聾せんばかりであった。エリーは若い叔母の説得におおわらわで、驚くほどよく喋った。かれのアラビア語はわたしが夢にも想像しなかったようなある種の激しさを帯びていたが、あるいはそれはむしろこの言語のもつ性質の然らしめるところであったかもしれない。

わたしはこの叔母が気に入った。彼女は豊満で若々しく、びっくりしたようにわたしを眺めたが、その態度に卑屈なところはいささかもなかった。わたしは彼女をひと目見ただけで、ドラクロア描くところの東方の女を思いだした。彼女もそれにそっくりの、やや面長の、しかもふっくらした顔貌、切れ長の眼、鼻筋の通った、いささか長すぎる鼻をしていた。わたしは彼女にぴったり寄り添って小さな中庭に立ったが、互いに何となく相手を好ましく思ったのか、ふとわれわれの眼が合ってしまった。わたしはひどくうろたえて、眼を伏せた。しかしそのときわたしは彼女のふっくらしたふくら脛の下の部分を見たが、それは彼女の顔と同じように魅力的であった。わたしはできることなら家に入って彼女の横に坐りたかった。エリーが相変らず彼女をしつこく説得し、子供たちがますます大きな叫び声をあげているあいだ、彼女は黙っていた。彼女自身よりも彼女の母親がわたしから離れているというわけではなかった。母親はきっと何かを感じているに違いない、とわたしは推察し、心苦しかった。僅かな家具が中庭に積みあげてあり、見たところ部屋のなかはがらんとしていた。これでは坐ろうにもその場所がなかった。壁は一家がちょうど今ここへ引っ越してきて入居したかと思うほどまだ上塗りしたばかりであった。若い妻はその壁のように清潔な匂いがした。わたしは彼女の夫のことを想像してみたし、その男を羨んだ。わたしはお辞儀をし、彼女の母親と彼女に握手の手を差し出し、踵をめぐらして退出した。

エリーはわたしといっしょにきた。路地へ出るとかれはいった、「あいにく大掃除の最中だったことを、彼女は残念がっています。」わたしは自分の感情をおさえきれずにこういった、「あなたの叔母さんは美しい女《ひと》ですね。」わたしはそれを誰かにいわなければ気がすまなかったし、ことによると無理を重々承知の上で、かれが「彼女はあなたと再会することを願っています」と答えてくれるものと期待したようでもある。しかしかれは黙りこんだ。

かれはわたしの度しがたい愛着ぶりにほとんど気づかなかったと見え、これからわたしをある叔父のところへ案内しようと申し出た。わたしは自分の秘密を漏らしてしまったので、いささか赤面しながら、その申し出に応じた。あのときわたしは礼儀に反する振舞いをしたかもしれない。あの美しい叔母の次に会う叔父が醜いか退屈だったとしても、それは当然の報いというものだろう。

道すがら、かれは一族の複雑な関係を説明してくれた。その関係は本当は複雑というよりむしろ多様性に富むというべきであり、モロッコのいろんな都市にかれの身内が住んでいた。わたしは前日会ったかれの兄嫁のことに話をもって行き、マザガンにいる彼女の父のことを尋ねた。

「あれは貧乏人です《セ・タン・ボーブル》」とかれはいった、「貧乏人ですよ。」読者諸氏もご記憶のことと思うが、サムエルという名の男である。働きがない男で、妻が代って働き、ひとりで家族を養っていた。マラケシュには貧しいユダヤ人が大ぜいいいますか？　「二五〇人います」とかれはいった、「町の連中に食物を恵んでもらっています。」かれによれば貧乏人とは乞食同様の人びとのことにほかならず、自分とこの階層とのあいだに一線を画していた。

われわれが次に訪問した叔父は、ミッラの外に小さな屋台店を出して、絹織物を売っていた。背の低い、やせた男で、血色の悪い、陰気な顔をしていて、口数もひどく少なかった。かれの屋台店は閑散としていて、わたしが店の前に立っていたかぎりでは、立ち寄る者はひとりもいなかった。通行人という通行人がみんなこの店を敬遠しているといった趣きであった。わたしの質問にかれは正確な、しかしいささかぶっきらぼうなフランス語で答えた。商売はあがったりであった。誰も何も買わなかった。誰も金銭《かね》など持っていなかった。外人連中は一連の暗殺騒ぎのせいでやってこなかった。物静かな男であったし、暗殺騒ぎはかれにとってあまりにも騒々しかった。かれの訴えは鋭くもなければ激しくもなかった。かれは、自分たちのいうことが外人に通じないものかといつもそればかり考えているような連中のひとりであったし、かれの声は何を喋っているのかほとんどわからぬほど低かったのである。

われわれはかれのもとを去ったが、素通りしたも同然であった。わたしはエリーに、この叔父が結婚式当日どのようにふるまったか尋ねてみたかった。この一族が盛大な祝典をあげてから、やっと二日経ったばかりであった。しかしわたしは、どっちみちかれに理解できぬに違いないこのいささか意地悪な質問をぐっとこらえ、もう帰らなければならないと告げた。かれはわたしをホテルまで送ってくれた。途中かれはわたしに兄の働いている時計店まで教えてくれた。わたしが外から店内を一瞥すると、かれはまじめな顔をして机の上に身を屈め、拡大鏡で時計の小さな部品を調べているところであった。わたしはかれの仕事の邪魔になることを恐れ、こっそり立ち去った。

わたしはホテルの前に立ちどまり、エリーに別れの挨拶をしようとした。かれは気前よく親戚の者たちをわたしに紹介したことで、再び勇気を得て、例の手紙のことを話題にした。「わたくしが司令官の名前をお届けします」とかれはいった、「明日《あす》。」「ええ、ええ」とわたしは答え、すばやくなかへ入り、次の日を楽しみにして待った。

その日を境にかれは毎日のように現われた。わたしがいないと、かれは住宅街の一画をぶらついてから、またやってきた。それでもまだわたしがいないと、ホテルの玄関に面した通りの角に立って、辛抱づよく待った。もっと大胆な日には、かれはホテルのホールの椅子に坐っていた。しかしそこに数分以上坐りつづけることはなかった。かれを鼻の先であしらう、ホテルのアラブ人の従業員に気兼ねしたのであり、かれらにはかれがユダヤ人であることがわかったのかもしれない。

かれは司令官の名前を書きつけたものを持ってきた。しかしそれだけでなく、かれがこれまでにその人生において手に入れたあらゆる書類も持ってきた。かれはそれらの書類をいちどきに持ちこんだわけではない。家にいるあいだに思いだした書類がひとつか二つ毎日のように追加された。かれは、わたしがその気になりさえすれば、かれの望みどおりの、ベン・ゲリールの司令官あての命令などすらすら書けるはずだ、と考えているようであった。それが書かれたと知った瞬間から、かれはその効果を夢にも疑わなくなったろう。手紙はその最後に外人の名前が記された瞬間から、神通力を帯びたろう。かれはかつてついたことのあるあらゆる職務についての証明書をわたしのもとへ持参した。かれは確かに短期間アメリカ人たちのもとで〈皿洗い《プロンジュール》〉をしていた。かれは弟シモンの証明書をわたしのもとへ持参した。かれはやってくると、かならずポケットから一枚の紙きれを取りだし、わたしの眼の前に差しだした。かれはいつもそれを読んだわたしの反応を見るためにちょっと待ち、それからわたしが司令官あてに書くはずの手紙の原文に対する若干の修正を申し出た。

わたしの方はその間アメリカ人の友人とこの件全体について細大もらさず相談した。かれはエリー・ダッハンを自分の同国人たちに推薦しようといってくれたが、それによってこの若い男がうまく就職できるとは全然考えていなかった。かれは司令官とも、従業員の採用に顔がきくほかの人間とも面識がなかった。しかしわれわれ両人はエリーを失望させたくなかったので、とにかく手紙は書きあげられた。

わたしはこれを知らせるべくかれを迎え入れ、これまでとは逆に自分の方がポケットに手をつっこんで一枚の紙をひっぱりだしたとき、ほっとした。

「お読みください！」とかれは疑わしげに、いささかそっけなくいった。

わたしはその英語の原文を始めから終りまで読んで聞かせたが、かれにはそれが一言もわからぬのを承知の上で、努めてゆっくりと読んだのである。

「お訳しください！」とかれはいい、眉ひとつ動かさなかった。

わたしは訳し、自分のフランス語に強い、厳かな調子を帯びさせた。わたしはかれにその手紙を手渡した。かれは何やら探しているふうであったが、そのあと署名を調べた。インキはあまり濃いとはいえず、かれは首を振った。

「これでは司令官は読めません」とかれはいって、手紙をわたしに返した。いささかも憚るところなく、かれはさらにこういった、「わたくしのために手紙を三通お書きください。司令官がこの手紙を返してくれなければ、わたくしは第二の手紙を別の基地に送ります。」

「何のために第三の手紙がお入り用なのですか？」とわたしは、かれの厚かましさに啞然としたことを気取られまいとしていった。

「わたくしのためです」とかれは誇らしげにいった。

わたしはかれがそれを自分の書類のコレクションに加えたいのだということを悟ったし、この第三の手紙がかれにとってもっとも重要なものだというわたしの考えは、どうも否定しがたいようであった。

「あ、な、た、のアドレスをお書きください」とかれは付け足していった。ホテルのことはどこにも言及されておらず、そのためかれはさっきそれを探していたのである。

「しかしそんなことは無意味ですよ」とわたしはいった。「われわれはまもなく当地を去ります。

先方がいざ手紙の返事を書こうというとき、必要なのはあなたのアドレスですよ！」

「あなたのアドレスをお書きください！」とかれは平然といったし、わたしの反論などかれには痛くも痒くもなかった。

「もっとも、われわれはそうしてもいいですよ」とわたしはいった。「しかしあなたのアドレスもちゃんとその上に記しておかなければいけません。そうでないと、全部が無意味になってしまいますよ。」

「そんなことはありません」とかれはいった、「ホテルをお書きください！」

「しかし先方が本当にあなたに働き口を提供する気になったら、どうなります？　先方はどうやってあなたを探しだすのです？　われわれは来週引き揚げますし、きっと返事はそれほど早くはきませんよ。」

「ホテルをお書きください！」

「友人にそう伝えましょう。かれが手紙をもう一度書かなければならなくなって、腹を立てなければいいんですがね。」わたしは腹にすえかねて、かれの強情ぶりをなじった。

「三通の手紙です」というのがかれの返事であった。「三通の手紙全部にホテルをお書きください。」

わたしはぷりぷりしながらかれを帰し、かれと二度と会わずにすんだらなあ、と思った。

翌日かれはふだんとうって変った厳粛な顔付きでやってきて、わたしに尋ねた。

「父にお会いになってみませんか？」

「いったいどこにいらっしゃるのですか？」とわたしは尋ねた。

「店にいます。わたくしの叔父といっしょに店をやっています。ここから歩いて三分です。」

わたしは同意し、われわれは出かけた。その店は、わたしのホテルからバーブ・アジナウ（市の城門のひとつ）へ通ずるモダンな通りにあった。わたしはここをしょっちゅう、それも日に数回ぶらつき、左右に並ぶ店をさかんにのぞいたものであった。これらの店の所有者のなかにはユダヤ人が大ぜいいたし、わたしはかれらとはすでに顔なじみであった。かれらのうちのひとりがかれの父かどうかわからなかったので、かれらの顔を次々と思い浮かべてみた。どの人がかれの父だというのだろう？

しかしわたしはこれらの店の数と多様さを過小評価していた。わたしは通りから店内に足を踏み入れたとたん、自分がそもそもこの風変りな店についぞ気づかなかったことが不思議に思えてきたからである。そこには砂糖が所狭しと並べられていて、円錐形の棒砂糖だろうと袋入りのものだろうと、どんな形のものでもあった。どこを見あげても、まわりのどの戸棚にもあるのは砂糖ばかりであった。わたしは砂糖しか売らぬような店をついぞ見かけたことがなく、この事実が何となくひどくおもしろかった。父親の姿は見られなかったが、さいわい叔父の方はいて、わたしはかれに引き合わされた。眉を八の字に寄せて不機嫌な顔をした、感じのよくない痩せぎすの小男で、一癖ありげな油断ならぬ人物と見受けた。かれは西欧風の服を着ていたが、かれの服はきたならしく、この汚れが往来の埃と砂糖との奇妙なまじりあいによるものであることは明らかであった。

父親は遠くへは行っておらず、店の者がかれを呼びに行かされた。そのあいだに当地の仕来りどおり、わたしのために薄荷茶が用意された。しかし店内の強烈な甘気にまともに当てられていたわたしは、それを飲まなければならぬと考えただけで、軽い吐き気を催した。エリーはアラビア語で、わたしがロンドンからきたことを説明した。先刻よりいかにもこの店のお得意らしく見えていた、西欧風の外出用の帽子をかぶった紳士がわたしの方へ二歩あゆみより、英語でこういった。「わたしはイギリス人です。」かれはジブラルタル生まれのユダヤ人で、かれの話す英語は決して悪くなかった。かれはわたしの仕事のことを尋ねたが、わたしには別にいうこともなかったので、例の映画にまつわる一件をまた話して聞かせた。

われわれはしばらく歓談し、わたしは例の茶を一口飲んだが、そこへ父親がやってきた。みごとな白髯をたくわえた偉丈夫であった。かれはモロッコ在住のユダヤ人の作法どおり小さな縁なしの帽子と外衣を身につけていた。額は広く、頭は丸みをおびて大きかったが、わたしがもっとも奇異に感じたのは、かれの笑っている眼であった。エリーはかれのそばに立って、宣誓の手ぶりでこういった。

「あなたにわたくしの父をご紹介します《ジュ・ヴ・プレザント・モン・ペール》。」

エリーはついぞこれほどの真剣さと確信をもって話したことはなかった。〈父《ペール》〉はかれの口のなかでじつに崇高にひびきわたったし、わたしはあれほど愚かな人間がこれほど崇高になりうるとは夢にも考えていなかった。かれにとって〈父《ペール》〉は〈アメリカ人〉よりも大切らしく、わたしは例の司令官の影がもうほとんどうすれてしまったことを喜んだ。

わたしはその男としっかと握手し、その笑っている眼をのぞきこんだ。かれは息子にアラビア語でわたしの素姓と名前を尋ねた。かれはフランス語を一言も解さなかったので、息子がわれわれ両人のあいだに立って、全く柄にもなく、ほとんどかかりきりでわれわれの通訳をつとめた。かれはわたしがユダヤ人で、どこからきたかということを説明し、わたしの名前を告げた。わたしの名前も、かれの力のない、おそろしく歯切れの悪い声で発音されては、言外の余情などあるはずもなかった。

「エーリーアス　カーネーティ？」と父親は訝しげに、おぼつかなげにくり返した。かれはこの名前を二、三度ひとりごちたが、その際各音節をはっきりときわだたせた。かれの口のなかでこの名前はより重々しく、より美しくなった。かれはその際わたしを正視することなく、この名前の方がわたしよりも現実性があるし、名前はそれを探るに値いするといいたげに、見るともなく前を見ていた。わたしは驚いて茫然としながら耳を傾けた。かれの歌の節《ふし》を口ずさむような声を聞いていると、わたしの名前がこの世に存在せぬある特別な言語に属しているような感じを受けるのであった。かれはわたしの名前を、さながら秤りにかけるようにゆったりと四度、五度唱えた。わたしはその度に錘《おもり》の鳴る音を聞いているような気がした。わたしは不安を感じなかったし、かれは裁判官ではなかった。わたしはかれがわたしの名前の意味と重さを発見するに違いないことを知っていた。それがすんだとき、かれは眼をあげて、再びわたしの眼に向かって笑いかけた。

かれはそのとき、この名前は立派だといいたげに立ちつくしていたが、かれがそれをわたしに告げることのできるような言語は存在しなかった。わたしはかれの顔つきからそれを察し、かれに対するある抑えがたい愛情を感じた。わたしはかれがこのような人間だとは夢にも想像していなかった。かれの不肖の息子や渋面の弟はいずれも別の世界の人間であったし、ただあの時計屋だけはかれの風貌の一端を受け継いでいたが、当人はそこに居あわせなかった。もっとも、砂糖に埋もれた店内にはもうこれ以上誰ひとり入る余地もなかったが。エリーは通訳すべくわたしの一言を待っていたが、わたしは一言もいえなかった。わたしは黙りこくっていた。それは畏敬の念を覚えたからであるが、あるいは歌うように口ずさまれた名前の生みだしたすばらしい魔力を封じたくなかったからだといえるかもしれない。そのような状態でわれわれはしばらく向かいあって立っていた。わたしが一言もいえない理由をかれが理解してくれさえすればいいんだが、わたしの眼がかれの眼のように笑うことができればいいんだが、とわたしは思った。わが通訳氏にこのうえ何かを託するとすれば、それは不面目というものであろうし、わたしの見るところ、かの人物を前にしてはどんな通訳も申し分ないとはいえなかった。

わたしがかたくなに黙りこんでいるあいだ、かれは辛抱づよく待っていた。ついにかれは額にかすかな、不機嫌そうな気配をちらと見せ、息子にアラビア語で何やらいったが、息子はちょっとためらったあと、わたしにそれを通訳した。

「父が今から退出したいので、お許しくださるようにと申しております。」

わたしはうなずき、かれはわたしに握手の手を差しだした。かれは微笑を浮かべたが、その際かれはこれから気に染まぬことをしなければならぬとでもいうような風情であった。きっとそれは仕事であったろう。それからかれは面《おもて》をそむけて店を出た。

わたしはしばらく待ち、それからエリーといっしょに通りへ出た。わたしはかれに、かれの父が大好きになったといってやった。

「かれは偉い学者です」とかれは畏敬の念をこめながら答え、左手の指を高く差し伸べたが、指は意味深長に空《くう》に漂いつづけた。

「一晩じゅう本を読んでいいます。」――

この日を境にエリーはわたしに対して優位を占めるにいたった。かれがあのすばらしい男の息子だから、わたしは真剣になってかれのこまごました面倒な願いを全部かなえてやったのである。かれはそれ以上のことを望まなくなっていたので、かれがいささか気の毒であった。わたしがかれのために聞き届けてやれないようなことは、そのときにはひとつもなかったからである。かれは三通の英文の手紙を手に入れたが、手紙には、就職した場合、かれは勤勉かつ誠実で信頼できるばかりでなく、職場に不可欠の存在とさえなるであろうという絶讃の言葉が記されてあった。わたしが一度も顔を合わせたことのない、かれの弟のシモンについては、別の分野でかれに劣らず有能である、とあった。ミッラの二人の兄弟のアドレスは省略されていた。

それらの手紙の冒頭にわれわれのホテルの名が誇示されていた。しかも三通全部に、恐らく永久に消えぬ黒インキで、友人のアメリカ人が署名していた。もうひとつおまけに、友人は本国におけるアドレスとパスポートの番号を付記しておいた。わたしが手紙のこの件《くだり》をエリーに説明したとき、かれはあまりの仕合わせにとても信じられないといった顔をした。

かれは父親よりの伝言としてわたしを勝運祭《プリム》（前五世紀頃ペルシアで、ユダヤ人の王妃エステルは在住ユダヤ人絶滅の陰謀から同胞を救った。これを記念してユダヤ人が三月一四日に行なう例年祭）に招待した。かれらの家での内輪の祝いにわたしも加わってほしいというのである。わたしは衷心より感謝しながらそれを断った。わたしはかれの父親が古い仕来りをわきまえぬわたしに失望するさまを思い浮かべたのである。その気になれば、人の目を何とかごまかすことはできたろうし、真の祈りを知らぬ人間のように祈りを唱えることだけはできたろう。わたしは自分の愛する老人をはばかったのであり、わたしのせいで老人に悲しい思いをさせるに忍びなかったのである。わたしは仕事を口実にし、敢えて招待を断り、老人との再会をあきらめることにした。わたしは一度でも老人に会えたことに満足している。

語り手と書き手

いちばん繁盛しているのは語り手たちである。語り手のまわりには、もっとも緊密でもっとも持続的な人の輪ができている。語り手の出し物は長いことつづき、内側の輪では聴衆は地面にしゃがみ、ちょっとやそっとでは腰をあげない。ほかの聴衆は立ったまま外側の輪をつくっている。かれらもほとんど動かず、語り手の言葉と身ぶりにうっとりと聞きほれている。時には二人掛け合いで朗唱する語り手もいる。かれらの言葉は遠くからやってきて、常人のそれよりも長いこと空《くう》に漂っている。わたしは意味を全く解さなかったが、それでもかれらの言葉が聞こえるところに、いつもきまってうっとりしながら立ちつくした。わたしにとっては何の意味ももたぬとはいえ力強く熱烈に吐かれる言葉がそこにあった。それらの言葉は語っている当の男にとって貴重であったし、かれはそれらの言葉を誇っていたのである。かれはそれらの言葉を、わたしの耳にいつもはなはだ個性的にひびくリズムに従って配列した。かれがいい淀むと、あとにつづくものはそれだけになおいっそう力強く調子高く現われた。一部の言葉の荘重さとほかの言葉のよからぬたくらみを感じとることはできた。わたし自身に向けられたのではないかと錯覚させるような甘い言葉に魅せられた。わたしはさまざまの危険のなかで恐れた。一切が制御されていたし、どんなに力強い言葉も語り手の望むとおりの距離を正確に飛んだ。聴衆の頭上の大気は動きに満ちていた。わたしのようにほとんど意味を解さぬ者でも、聴衆の頭上に生命を感じた。

おのれの言葉に敬意を表して語り手たちは派手ないでたちをしていた。かれらの服装は聴衆のそれとはつねに異なっていた。かれらはかなり華やかな織物を好んだ。青のビロードだの赤のビロードだのといったいでたちで登場した。やんごとなき人物、しかも童話風の人物の趣きがあった。かれらはまわりからとり囲む人たちの方をめったに見なかった。かれらは物語の主人公やその他の登場人物を見ていた。かれらの目が、何となくそこにいる誰かに向けられると、この者は自分が別人のように不可解になってしまうことを認めざるをえなかった。外人たちはかれらにとってそもそもいないに等しく、かれらの言葉の王国に入ることができなかった。最初わたしは自分がかれらからほとんど相手にされていない、とはいささかも信じたくなかった。こんな経験は初めてだったので、とても本当とは思えなかった。それで、音のきわめて豊富なこの広場の別の音にすでに心がひきつけられていたときにも、格別長いことその場に立ちつくしていたが、大きな輪のなかがすでにほとんど居心地よくなりだしたときにも、みんなから無視されていた。もちろん語り手はわたしに気づいたが、かれにとってはわたしは依然かれの魔法陣のなかの一外人にすぎなかった。わたしにはかれの言葉が理解できなかったからである。

それを理解するためになら、わたしは何度でもどんな犠牲でも払いたかった。わたしがこの遍歴する語り手たちにしかるべき評価をくだしうる日がいつかくることを望む。しかしまたわたしはかれらの言葉を理解できないことを喜んだ。かれらはわたしにとって依然古い、まだ一度も足を踏み入れたことのない生の飛び地であった。かれらの言語はかれらにとって重要であった。わたしの言語がわたしにとってそうであったように。言葉はかれらの食物であり、かれらは他人にそそのかされてそれをもっと上等な食物と交換するようなことはなかった。わたしが誇りにしたのは、かれらがその言語を同じくする人たちにふるった語るという権力であった。かれらはわたしの賢兄といった趣きがあった。幸福な瞬間にわたしはこう考えたものである。わたしも自分の語りかける人間たちをまわりに集めることができる、と。しかし転々と所在を変えることもなく、自分が誰を見出し、自分に誰が耳を傾けるかも知らぬまま、つまり自分の語ることそのものをひたすら信じて生きることなく、わたしは紙に身を売ってきた。気弱な夢想家たるわたしは今、机と扉に保護されながら生きている。かれらは雑踏する市場のなかで、毎日変る百もの新しい顔触れを前にして、冷やかなあらずもがなの知識に煩わされることもなく、書物や名誉欲や空虚な威信とは無縁に生きている。わたしは文学に生きている西欧の人間たちのところでくつろいだ気分になったことなどめったにない。わたしは自分自身が頼るところのあるものを軽蔑しているので、かれらを軽蔑してきた。このあるものとは紙にほかならない。この広場で思いがけなくも、わたしは仰ぎ見ることのできるような詩人たちのもとにいた。かれらの言葉は一語たりとも文字に立てて記されていなかったからである。

しかし同じ広場のすぐ隣りで、自分がどんなに紙を辱めてきたかということを認めざるをえなかった。語り手たちから数歩離れたところに、書き手たちが店を張っていた。かれらのところはひどく静かであり、ジアーミア・ル・ファナーのなかでもっとも静かな一画であった。書き手たちはおのれのわざを吹聴しなかった。かれらはいずれも痩せぎすの小男ばかりで、文具を目の前において黙って坐っていた。かれらは自分たちが客を待っていることを誰にも感じさせなかった。

かれらは顔をあげるたびに、格別の好奇心も示さずに人びとに目を向け、じきにまた目をそむけた。かれらの腰掛けは互いに若干の間合いをとって置かれてあったので、隣りの話が筒抜けに耳に入る気遣いはなかった。かれらのなかでもかなり控え目な者たちや、おそらくまたかなり昔風な者たちは地面にしゃがんでいた。広場のとどろきわたる騒音に囲まれ、しかもそれから切り離されて、かれらはこの目立たぬ世界のなかで考えたり書いたりしていた。人から他聞をはばかる病気について相談を受けているといった風情であった。しかもそれがおおっぴらに行なわれていたので、かれらはみんな人目をしのぶ癖がついていた。かれら自身はいないといってもよいくらいであった。ここでは物をいうものがひとつだけあった。紙の静かな威厳である。

男たちがひとりひとり、あるいは二人一組になってかれらのところへやってきた。一度わたしは、二人のヴェールをつけた若い女が書き手の前の腰掛けに坐って、ほとんど人に知られぬように唇を動かしているのを見かけたが、書き手の方はうなずきながらこれも同じようにほとんど人に知られぬように書いていた。別の機会にわたしは、たいそう立派で貫禄のある一家族に気がついた。この一家は総勢四人で、書き手の右の隅の二つの小さな腰掛けに坐っていた。父親は丈夫そうな、すばらしくすらっとした老ベルベル人で、その顔からは経験と英知のあらゆるしるしが見てとれた。試みにかれに耐えられぬような境遇があるかどうか想像してみたが、見当もつかなかった。かれはたったひとつだけ困ったことが持ち上がったために、ここにきたのであり、傍らにいる妻の風情にもそれに劣らず心を打つものがあった。彼女の顔はヴェールで被われ、たいそう大きい黒い眼だけがのぞいていたからである。その傍らの腰掛けにやはりヴェールをつけた二人の娘が坐っていた。全員がきちんとした姿勢で厳然と坐っていた。

客たちよりはるかに背の低い書き手は、かれらから敬意を表されていた。かれの顔にはある繊細な心遣いが現われていて、この心遣いは家族の繁栄と立派さと同じように感じとることができた。わたしはちょっと離れたところからかれらを見ていた。声音ひとつ聞かず、身動きひとつ認められなかった。書き手はおのれの本来の仕事をまだ始めていなかった。察するところかれは何が問題なのかということを説明してもらっていたのであり、今やそれを書かれた言葉たる文章でどのように表現するのが一番いいか、と熟考しだした。書き手と一家は、両者が長年の顔なじみで坐る位置まで昔も今も変らないのではないかと錯覚させるほどしっくり行っているようであった。

わたしはかれらがみんなでやってきている訳合いを考えてもみなかった。なぜなら、かれらがごく自然な感じでそこにいたからである。ずっとあとになって、もう広場に行くこともなくなったとき、初めてわたしはそれについて思いをめぐらしはじめた。書き手の前に一家全員が顔を出すことを余儀なくさせたものは、本当は何であったろうか？

パン選び

日が落ちてあたりがすでに暗くなると、わたしは、ジァーミア・ル・ファナーの、女たちがパンを売っている一画へ行くことにしていた。顔をヴェールで被《おお》って眼だけをのぞかせながら、彼女たちは一列にずらりと並んで地面に坐っていた。どの女も目の前に布で覆った籠をひとつ置き、その上にひらべったい丸いパンをいくつか並べて売っていた。わたしはその列の前をじつにゆっくりと歩きながら、女たちとパンを観察した。たいていは中年の女たちで、彼女たちの格好はいささかパンに似ていた。パンのいい匂いが鼻をつき、同時にわたしは黒い眼からの視線を感じた。どの女もわたしを見逃さず、どの女にとってもわたしはパンを買いにきたひとりの外国人にほかならなかったが、わたしは列の先端まで行ってみたいし、そのための口実が必要だったので、パンを買う羽目におちいらぬよう十分気をつけた。時たま列のあいだに若い女がひとりまじって坐っていた。彼女のパンは、彼女がつくったとはとうてい思えないほど、あまりにも丸すぎるようであったし、彼女の目付きは違っていた。老いも若きも、みんなぼさっとしている暇はなかった。どの女も時どき右手でパンをひとつ取りあげ、それを軽やかに宙に投げ、またそれを手の平に受けとめると、まるで秤りにかけているみたいに、そのまま少しゆすり、人に聞こえるほど二、三度それを軽くたたき、この愛撫のあとで再びそれをほかのパンの上に戻したのである。パンの塊そのものが、その新鮮さが、その重さが、その匂いが売りに出されていた。これらのパンにはあらわで魅惑的な趣きがあり、眼のほかには何もむきだしていない女たちの活動的な手が、それをパンに伝えたのである。「それをあたしからお前にあげてもいいわ。それをお前の手に取りなさいな。それはあたしの手にあったのよ。」

男たちがそのそばをじろじろ見ながら通りすぎた。男のひとりが気に入ったパンを見つけると、立ちどまって、右手にひとつ受け取った。かれはそれを宙に軽やかに投げ、それをまた受けとめると、そのまま、まるでこの手の平が秤りの皿でもあるかのように少しゆすった。かれはそれを二、三度人に聞こえるほど軽くたたいてみて、軽すぎると思ったり、別の理由でいやだったりすると、それをほかのパンのところへ戻した。しかし時にはかれはそれをずっと手に持っていた。

そんなとき、まわりの人はその塊の誇りを、その塊が特別な匂いを放つのを感じた。男はマントに左手をつっこみ、大型のパンと並ぶとほとんど目に入らぬほど小粒の硬貨を一枚取り出して、女に投げ与えた。それから、その塊はマントのなかに消えた――その塊がどこにあるかもう見当もつかなかった――、そして男は立ち去った。

中傷

物乞いの子供たちの一番好きなたまり場は、レストラン〈クトゥビーヤ〉（「クトゥビーヤ」はジァーミア・ル・ファナーのすぐそばにある有名な礼拝堂の名前で、「書店」の意）のあたりであった。この店でわれわれはみんな、昼も夜も食事をした。子供たちは、われわれがかれらをそうそう避けたりしないだろうということを知っていた。客の評判を大事にするレストランにとって、この子供たちは好ましい点景とはいえなかった。かれらが店の扉に近づきすぎると、主人が出てきて追っぱらった。だから、かれらにしてみれば、向いの角に陣どって、いつも三、四人の小グループで食事にくるわれわれを見つけ次第すばやく取り巻くほうが、好都合というわけであった。

すでに何カ月も市内に滞在して喜捨にくたびれ、子供たちを撒くことしか考えない人もいた。子供たちに何か施し物をするまえに、知人の手前このような〈気弱さ〉を恥じて躊躇する人もいた。結局人はここで生活することをいつかは学ばなければならなかったのであり、当地に住みついているフランス人たちが、よかれあしかれ、人の手本となった。フランス人たちは乞食に金銭を恵まぬことを標榜し、しかもこの厚顔無恥をいささか鼻に掛けていたのである。わたしはこの町にきたばかりで、いわば新米であった。人にどう思われようと、それは意に介するところではなかった。頭の弱い奴と思われようと、わたしはこの子供たちを愛していたのである。

かれらがたまに河岸を変えてわたしと会わなかったりすると、悲しかったし、自分から進んでかれらを捜した——相手にそれと気取られぬよう注意しながら。かれらの生き生きとした身ぶりが、哀れっぽい顔つきで「食べる《マンジェ》！　食べる《マンジェ》！」としくしく泣きながら自分の口をさし示す小さな指が、本当に衰弱とひもじさのあまり今にもくずおれやしないかと思うほどしかめたいうにいわれぬ悲しげな顔が好きであった。施し物を受けとった瞬間見せる途方もない大はしゃぎが、貧弱な獲物を手にして笑いながら夢中になって走り去るさまが好きであった。顔に現われる信じ難いほどの変化が好きであった。かれらは生気のない者から突然大喜びする者に変っていたのである。分け前を倍にしようと乳呑み児を抱えてきて、そのちっぽけな、ほとんど無感覚な手を摑んで差しのべ、「この子も、この子も、食べる《マンジェ》！　食べる《マンジェ》！」とねだるささやかな策略が好きであった。子供たちの数は決して少なくはなかった。わたしは努めて公平にふるまったが、無論かれらのなかには、いつ見ても見あきないほど美しい、生き生きした顔をした、わたしのお気に入りたちがいた。かれらはレストランの扉のところまでわたしについてきたが、わたしの庇護下にある以上自分たちは安全だと感じていた。かれらはわたしが好意を寄せていることを知っていた。それでかれらは、自分たちは立ち入りを禁じられているのに腹一杯食べる人たちがなかにいる、この不思議な場所のそば近くへ行ってみたくなるのであった。

店の主人は、フランス人で、頭は丸く禿げていて、眼は蠅取紙みたいであった。かれは店の常連には暖かい、好意的な目つきをしたが、物乞いの子供たちが店に近よることを嫌った。かれらの襤褸は上品には見えなかった。身なりのいい客たちには快適な気分で高価な食事を注文してもらわねばならず、その際にいつも飢えや虱のことなど思いだしてもらっては困るというわけであった。わたしが店に入ろうとして扉を開け、たまたまその近くにいたかれが外に群れている子供たちをちらと見たりすると、かれはかならず不機嫌そうに首を振った。しかしわたしが日に二度きまってかれの店で食事する一五人のイギリス人グループの一員であるため、かれはわたしに文句をつけるわけにもいかず、この鬱憤をいや味たっぷり痛快に晴らす好機の至るのをじっと待っていた。

あるひどくむし暑い日の正午、レストランの扉は少しでも新鮮な空気を入れようと開けたままになっていた。わたしは二人の友人といっしょに、子供たちの奇襲の洗礼を受けたあとで、開いている扉の近くの空席についていた。外の子供たちは、われわれを見失なう心配がなかったので、扉の前にかなり近く立ちつづけていた。その場所においてかれらはわれわれとの友好関係をつづけたかったのであり、あるいはわれわれが平らげようとしている料理を見ていたかったのかもしれない。かれらはわれわれに合図し、とりわけわれわれの口髯を面白がった。みんなのなかで一番かわいい、わたしが好意を寄せていることにとうに気づいていた、年の頃一〇歳ぐらいの女の子が、自分の上唇と鼻のあいだの僅かな部分を指さし、二本の指で口髯をはさんで激しくつまんだり引っぱったりする仕ぐさをしてみせた。それをしながら彼女は笑いこけ、ほかの子供たちもいっしょに笑った。

レストランの主人が注文を聞きにわれわれのテーブルにやってきて、笑っている子供たちを見た。かれは顔を輝かせながらわたしにこういった。「あんなあどけないことをやっていますが、あれでいっぱしの娼婦ですからね！」わたしはこの中傷に心を傷つけられたが、わたしはあの物乞いの子供たちが本当に好きだったので、かれの言葉をも信じたくなかったのかもしれず、素朴に問い返した。「何ですって、まさかあの年で!」

「てんでわかっておられませんな!」とかれはいった、「五〇フランも出せば選りどり見どりですよ。どの子でもすぐにあなたといっしょに街角を曲るというわけです。」

わたしはひどく腹が立って、かれに激しく反論した。「そんなことはない、そんなことはありえない。」

「あなたはご存じないんです、ここでどんなことが起こっているか」とかれはいった。「マラケシュの夜の生活を少し見学なさるといいんですが。わたくしはもう長いことここで暮らしております。初めてここへきたとき、戦争中のことですが、まだ独身でした」――かれはいつものように帳場に坐っている初老の妻を真剣な眼差しでちらと見た――、「その頃わたくしは二、三の友人といっしょにいましたし、われわれはその種のことなら何でも見ました。一度ある家へ案内されて席についたとたん、われわれはあっというまに大ぜいの裸の小さな女の子たちに囲まれていました。彼女たちはわれわれの足もとへしゃがみ、四方八方からわれわれに身体《からだ》を押しつけてきましたが、彼女たちは外にいる連中よりも大きいわけではなく、もっと小さいのも何人かいました。」

わたしは不信の念を抱きながら首を振った。

「手に入れることのできぬようなものは何ひとつありませんでした。われわれはのんびり暮らしてきましたし、またちょくちょく楽しい思いをしました。一度われわれはすごいいたずらをやらかしましたが、これをお話ししない法はありません。われわれは三人連れ、友人同士でした。われわれのうちのひとりが、あるファトマ（マホメットの娘ファーティマの転訛。回教女性はファーティマをこう呼ぶ。また伝統的服装をした回教女性をも指す）の部屋へ行きました」――フランス人たちは原住民の女たちを軽蔑してそう呼んでいた――、「でもそれは子供ではありませんでした。外に残ったわれわれ二人は節穴からその部屋をのぞきこみました。最初かれは彼女と長いこと交渉していましたが、それから二人のあいだで報酬の折合いがつき、かれは彼女に金銭《かね》をやりました。彼女はそれをベッドのそばにある小さなナイトテーブルのなかにしまいました。それから彼女は明かりを消し、二人はいっしょに横になりました。われわれ二人は外から一部始終を見ていました。室内が暗くなったとたん、わたくしの相棒がその小さな部屋へ忍びこみ、物音ひとつ立てずに例の小さなナイトテーブルのところまで這って行きました。かれは慎重に抽斗のなかへ手を入れ、二人がことを行なっているあいだに、金銭《かね》を取りもどしました。

それからかれはす早くまた這って出てくると、われわれ二人は逃げだしました。じきに例の友人があとからやってきました。かれはただでファトマのところにいたというわけです。ご想像できるでしょう、われわれがどんなに笑ったことか！　これなどわれわれのいたずらのほんの一例にすぎませんでしたよ。」

われわれにもそれは想像できた。かれは大声をあげ、身をゆすって笑い、口を大きく開けたからである。われわれはかれがこれほどまでに口から先に生まれたような男だとは夢にも知らなかったし、かれのこのような様子などついぞ見かけたことがなかった。かれはふだんたいてい、いささか勿体をつけてレストランのなかをあちこち歩きまわり、かれの大事な客の料理の注文を礼儀正しい、全く控え目な態度で受け、客が何を注文しようがわれ関せずといった風情であった。かれの与える助言は押しつけがましいところがいささかもなく、その声には客のためを思えばこそそうしているだけだといいたげなひびきがあった。この日かれはすっかり打ち解けて、自分の過去の歴史に歓呼の声をあげた。それはかれにとって栄光の一時代であったに違いない。かれは自分の昔日を彷彿させるような振舞いの一端だけを示したにすぎない。かれが話をしている最中にひとりの小さなボーイがわれわれのテーブルに近づいた。かれは自分の話を聞かせまいとして、ボーイに何やら用事をいいつけてそっけなく追い返した。

しかしあまりのことにわれわれはぞっとして自分たちがアングロサクソン人であることを意識せざるをえなかった。二人の友人——そのひとりはニューイングランド人、もうひとりはイングランド人——と、一五年来かれらといっしょに暮らしてきたわたしは、軽蔑を含んだ嫌悪の情を等しく催した。われわれもまさしく三人であったし、われわれはあまりにも恵まれすぎていたし、あるいはわれわれは、力を合わせてひとりのあわれな原住民の女性からその報酬を詐取した他の三人のことで、何となく疾しさを覚えたのかもしれない。かれは顔を輝かせ誇らしげにその一件を語り、それを一時の戯れにすぎぬと思っていたが、われわれがにが虫をかみつぶしたような顔で笑い、当惑しながらわかったとうなずいてみせたとき、かれの歓喜はやんだ。

扉は相変らず開いたままで、子供たちは固唾をのんで辛抱づよく外に立っていた。かれらはかれが話しているあいだは追い払われることもないと思っていた。わたしはかれらがかれの言葉を聞きとれないことに気がついた。かれらに対する軽蔑から話を始めていたかれ自身が、みるみるうちに軽蔑の的になっていた。かれが物乞いの子供たちについて中傷しようが、あるいはまた真実を語ろうが、たとえかれらが何をしようとも、かれはそのときかれらのはるか下風に立っていたのであり、わたしはかれがかれらの執り成しにすがるほかないような一種の懲罰を受けるようにと念じた。

驢馬の悦楽

夜、町中《なか》の路地をそぞろ歩くときには、帰りにかならずジァーミア・ル・ファナーへ寄ることにした。もうほとんど人影もない広場を通るのは奇妙なものであった。もう曲芸師もダンサーもいなかったし、蛇使いも火を食う手品師もいなかった。侏儒《こびと》がひとりぽつねんと地面にうずくまっていた。その前にひどく小粒な卵の入った籠が置いてあった。かれの周囲一帯には何もなかった。アセチレン灯があちこちにともり、広場にはその匂いが漂っていた。雑炊屋の屋台には、まだ男の姿がちらほらし、雑炊をゆっくり啜っていた。かれらはどこへ行くあてもないといった風情で、佗しげに見えた。広場の隅々で、人びとが眠りについていた。横になっている者もいたが、たいていはうずくまっていて、みんなマントについた頭巾を頭にかぶっていた。かれらは身じろぎもせず眠っていたから、その黒い頭巾つきのマントの下に息をしている者がいようとは、誰にも想像できなかったろう。

ある晩、わたしは広場の中央に、アセチレン灯に奇々怪々に照らしだされた人びとの大きな、すきまのない輪を見かけた。みんな立っていた。かれらはその顔と身体《からだ》の、アセチレン灯の鋭い光の当たらぬ暗い影の部分のせいで、恐ろしく、また無気味に見えた。わたしは、この土地固有の二つの楽器の音に加えて、誰かに激しく話しかけている男の声を耳にした。わたしはもっと輪に近づいて、隙間を見つけてなかをのぞいたとき、そのまん中に、棒きれを手にして立ち、一頭の驢馬にせっつくように質問を浴びせている男に気がついた。

その驢馬は町中《なか》のあらゆるあわれな驢馬のうちでも、もっともあわれなものであった。骨は突きだし、飢えにやつれはて、皮はすりきれていたし、どんな小さな荷も運べなくなっていることは、間違いなかった。まだ自力で直立していられるのが不思議なくらいであった。例の男は驢馬を相手におかしな問答をかわしていた。驢馬を口説いて何ごとかやらせようとしていた。驢馬が依然としていうことを聞かなかったとき、かれは質問を浴びせかけた。驢馬が答えなかったので、アセチレン灯に照らされた男たちは大声で笑った。ひょっとすると、それは驢馬がある役割を演じるような語り物であったかもしれない。頼りない交渉がつづいたあとで、このあわれな驢馬が、伴奏にあわせてそろりそろりと回りだしたからである。棒きれは絶えず驢馬の頭上で振りまわされていた。かれはますますせっかちに、ますます声を張りあげて語り、驢馬の動きをとめまいとして暴れまわった。もっとも、かれの言葉には、ほかならぬかれ自身も喜劇的な人物を演じているといった趣きがあった。伴奏はどんどん進行し、男たちはもう笑いをこらえきれず、人食い人種、もっと正確には驢馬食い人種のような形相をしていた。

わたしはほんのちょっとの間しかその場に居あわせなかったから、そのあとで何が起こったか説明はできない。嫌悪感が好奇心を圧倒したのである。ずっと前から、わたしは町の驢馬がとても好きになっていた。驢馬たちの受けている仕打ちにはしょっちゅう義憤を覚えてきたが、わたしひとりの力ではどうするすべもなかった。しかし生きもののこれほど悲惨な光景はついぞ見かけたことがなかったし、わたしはホテルへもどる道すがら、きっと今夜じゅうはもつまいと考えることで、気を静めようとした。

翌日は土曜日で、朝早くからさっそくジァーミァへ行った。ジァーミァが週のうちでもっとも人出で賑わう土曜日であった。見物人、大道芸人、籠、屋台がひしめき、人ごみを押しわけて進むのに難儀した。わたしは昨夜あの驢馬が立っていた場所にきた。一瞥して、わが目を疑った。

あの驢馬が再びそこに立っていたのである。驢馬はぽつねんと立っていた。よくよく見てみたが、わたしの目に狂いはなかった。そばにいた驢馬の持主は、二、三の人と穏やかに談笑していた。かれらのまわりにまだ輪はできていなかった。楽士の姿も見えず、興行はまだ始まっていなかった。驢馬は昨夜といささかも変らぬ風情で立っていた。明るい日差しのなかで、驢馬の皮は昨夜よりもいっそうすりきれているように見えた。思いなしか、もっとあわれで、もっと飢えにやつれ、もっと老いぼれているようであった。

突然わたしは背後に人の気配を感じ、わたしには理解できない激しい言葉を耳にした。わたしは振り返り、一瞬のあいだ驢馬から目を離した。その声の主は人ごみを押しわけてわたしのすぐそばへやってきたが、この男がわたしではなく、ほかの誰かを威していることは、すぐはっきりした。わたしはまた驢馬の方を向いた。

驢馬はそこを動いていなかったが、もう同じ驢馬とはいえなかった。その後脚のあいだから斜め前へ、思いがけなく巨大な陰茎《あし》が垂れさがっていたからである。それは、昨夜驢馬を威すのに使われた棒きれよりも太かった。わたしが振り向いたほんのちょっとのあいだに、驢馬に強烈な変化が生じたのである。驢馬が何を見、何を聞き、何を嗅いだか、わたしにはわからない。驢馬の心に何が浮かんだか、わたしにはわからない。しかし、この今にも崩おれそうな、おぼつかぬ問答劇に使われるのが関の山の、マラケシュでも無類のひどい仕打ちを受けている、あわれな、老いぼれた、みすぼらしい驢馬。この肉もなく力もなくまともな皮もなく、まさに最低の状態で生きている驢馬が、一瞬のこととはいえ、わたしをそれから受けた悲惨な印象から解放してくれるほどの悦楽をまだ味わえたのである。わたしはこの驢馬のことをよく思いだす。わたしがもうその姿を見かけなくなったとき、その体内にどれだけの力がなお残っていたか、と考えてみる。願わくは、すべての虐げられた驢馬が悲惨な境遇にあってなおしかるべき悦楽を見出さんことを。

〈シェーラザード〉

彼女はフランス風の小さな酒場〈シェーラザード〉（「シェーラザード」はアラビアン・ナイトのお伽話を語る姫の名）の主人であった。ここはマディーナ（アラビア語で「町」の意。北アフリカ諸都市の旧市街のこと）で夜どおし営業しているただ一軒の酒場であった。店には客がひとりもいないこともあれば、三、四人入っていることもあった。しかし夜中の二時から三時にかけてしょっちゅう満員になり、そんなときには、ほかの客たちの話し声はすべて耳に入り、どの客とも言葉をかわすことができた。店内はひどく手ぜまで、客が二〇人も坐ったり立ったりすれば、店全体が今にもはちきれそうになるからである。

その角を曲るとすぐ、人気《ひとけ》のない例の広場、すなわちジアーミア・ル・ファナーがあり、酒場から一〇歩と離れていなかった。これ以上の対照の妙というものを想像することは難かしい。広場の四隅には、襤褸をまとったみすぼらしげな人たちが地面に横になって寝ていた。かれらはしばしば地面の形状に応じて寝相を巧みに変えていたので、かれらに躓かぬよう用心する必要があった。広場でこんな時刻に寝もやらず立ったり歩いたりしているのは、きまってうさんくさい連中であり、用心にこしたことはなかった。ジァーミァ本来の生活は、この小さな酒場の生活が始まるときには、とうに終っていた。出入りの客はいずれも一見西欧風であった。フランス人やアメリカ人やイギリス人がきた。アラブ人もきた。もっとも、アラブ人は西欧風の身なりをととのえてくるか、さもなければ、よそで飲んでからきた。そうすることによってのみ、かれらは確かに、少なくともかれら自身の見るところでは、現代人、つまり西欧の人間になれたのである。飲み物の値段はひどく高く、裕福なアラブ人でなければ、なかへ入る勇気のある者はいなかった。広場に横になっている襤褸をまとった人たちは、懐中からっぽか、二フランもあれば上等であった。〈シェーラザード〉の客はコニャック一杯に一二〇フラン払い、たてつけ何杯も飲むのであった。眠りにつくまえの広場に、アラビア音楽はつきものであり、軒をつらねて互いに張り合っているどの酒場からも、ラジオが哀調を帯びた曲を騒々しく流した。例の酒場ではヨーロッパのダンス音楽しか聴けず、しかも音を低くしてあったので、店に入ってくる客はみんな自分が上品に見える仕掛けになっていた。マダム・ミニョンは最近のヒット曲を揃えていた。彼女は自分のレコードを自慢の種にしていて、週に一度ほど、買いこんだばかりの新しいレコードを一組かかえて店にやってきた。彼女はそれを店の常連に披露したし、常連の個人的な好みに強い関心を抱いていた。

彼女は上海生まれで、父はフランス人、母は中国人であった。その眼はかつては切れ長であったが、整形手術を受けたため、今ではもう中国人らしい特徴は、ほんの僅かしか残っていなかった。彼女は中国人の母のことをことさら包み隠すようなことは決してなかった。彼女はモロッコへくる前に、いくつかのフランスのほかの植民地で暮らしたことがあり、二、三年ほどはドアラ（アフリカ大陸西岸のギニア湾に面するカメルーン第二の都市）にいた。彼女はどんな国民に対しても何かと文句をつけたがった。わたしは、この女性の抱いているほど素朴で揺がしがたい偏見には、ついぞお目にかかったことがない。もっとも、フランス人や中国人のこととなると、彼女は黙って悪口をいわせておかなかったし、いつも誇らしげにこう付け加えたものである。「母は中国人だったし、父はフランス人だったわ。」それほど彼女は自分というものに満足していたし、それだけに、客たちが別の国籍である場合には、かれらにいろいろと文句をつけずにはいられなかった。

一度酒場で彼女と二人きりになったとき、わたしは長いこと話しこんで彼女の信頼をかち得た。

わたしの友人であるイギリス映画人の一行が、店を出るまえに、ほかの客たちにビールを一杯ずつおごるのをうっかり忘れると、ときたまわたしが代りにおごることがあった。そこで彼女はわたしを金持と思いこんだ。身なりを見ただけではめったにそれとわからぬイギリス人の場合、別に珍しくもない金持らしからぬ金持、と。マダム・ミニョンをからかうためかもしれないが、誰かがわたしのことを精神病医だといいふらしていた。わたしがしばしば一言も口をきかず静かに席に坐りつづけ、あとで彼女と二人きりになると、客たちのことを立ち入って尋ねるものだから、彼女はこの噂を信じる気になった。わたしは別に否定しなかった。その方が好都合であった。彼女はそれだけ余計に喋ってくれたからである。

彼女は結婚していた。ムシュー・ミニョンは背が高く太っていた。外人部隊にいたことがあり、酒場ではほんのちょっと彼女の仕事に手を貸すだけであった。客がいないときには、よく手ぜまな店内に腰掛けを並べ、その上に長々と横になって眠った。しかし顔なじみの客たちがくるとすぐ、かれらを酒場から歩いて二、三分のところにあるフランス風の娼家《ボルドル》〈ラ・リヴィエラ〉へ連れて行った。かれはよくそこで一、二時間近く過ごし、戻ってくるときは、いつも客たちといっしょであった。客たちはかれの妻に、自分がどこに行っていたかを語り、娼家の新入りの娘《こ》について報告し、二、三杯ひっかけた。ことによると、そのあとまた他の客たちと〈リヴィエラ〉へ行ったのかもしれない。〈リヴィエラ〉は、〈シェーラザード〉で耳にする機会のもっとも多い言葉であった。

ムシュー・ミニョンの肩はもりあがり、顔は丸く眠たげで子どもっぽかった。だらしのない薄笑いを浮かべ、フランス人にしては驚くほどゆっくりと喋り、口数もひどく少なかった。妻の方も沈黙することを知っていた。彼女は感じやすい質《たち》で、軽々しく我を通すようなことはなかった。しかしいったん口をききだしたが最後、ちょっとやそっとでは黙りそうもなかった。かれはそのあいだグラスを二つ三つ洗ったり、眠ったり、〈リヴィエラ〉へ行ったりした。マダムは体格のいい夫が、厚かましくなった酔客たちを店から追いだすことを許さなかった。彼女はその種のことは一切自分で処理した。酒場は彼女のものであったし、危険な場合に備えて、彼女はレコードの置いてある、カウンターの奥に、ゴム製の警棒を隠しておいた。彼女はよく、この猥せつな哄笑をひき起こさずにおかぬ警棒を友人たちに出して見せ、こう説明した。「これはアメリカ人にしか使わないわ。」彼女は酩酊したアメリカ人たちに一番手を焼き、そのためアメリカ人一般に対しても激しい憎しみを抱いていた。彼女の見るところでは、野蛮人には二種類あり、原住民とアメリカ人がそうであった。

彼女の夫は外人部隊の連中の席に入りびたりというわけではなかった。ある日、かれはいかにもかれらしい、半ばだらしない、半ば抜け目ない物腰でわたしの方を向いて、尋ねた。「あなたはお医者さん、気違い専門のお医者さんでいらっしゃいますね？」「どうしてそう思われるのですか？」とわたしは尋ね、びっくりしたふりをした。「お噂はかねがね承っております。わたしはパリの精神病院で看護人を二年間やりました。」「それではこの方面のことにかなり通じていらっしゃるわけですな」とわたしがいうと、かれはまんざらでもなさそうな顔をした。かれは当時の仕事について語り、狂人のことなら何でも知っているし、どんな狂人が危険でどんな狂人が危険でないかも正確に知っている、といった。かれは狂人たちを、かれらから受ける危険な感じの程度に応じて、かれなりに単純に分類していた。わたしはかれに、マラケシュにいる狂人たちについて聞きただし、かれは町じゅうの人がみんな知っている何人かの患者について話してくれた。この晩以来、かれのわたしに対する物腰には、いささか同じ職場のもとの上司に応対するような趣きがあった。酒場で言行いささか奇矯な者があると、われわれは互いに目配せしあった。そのうえ、かれはときどき店のコニャックを一杯おごってくれるのであった。

マダム・ミニョンには、店でたいへん重宝している女友だちがひとりだけあった。彼女はジネットといい、いつも店にきていた。たいていカウンターの前の高い椅子のひとつに坐り、人待ち顔であった。彼女はまだ若く、いつも盛装していた。一晩じゅう起きていて日中眠る人によく見かけるように、顔色はひどく青ざめていた。彼女は腫れぼったい眼をしていて、一瞬ごとに酒場の扉の方を振り向き、客がきたかどうか確めた。そんなとき、彼女の眼は扉のガラスにひっついてしまったような趣きがあった。

ジネットはある事件が持ちあがることを切望していた。彼女は二二歳で、まだモロッコから一歩も外へ出たことがなかった。当地で生まれ、父親はイギリス人でダカール(アフリカ西端のセネガルの首都)へ行っていて彼女をほったらかしており、母親はイタリア人であった。彼女は人が英語で話すのを聞くのが好きであった。英語は父親のことを思いださせてくれるからである。この父親が何をしていたか、なぜ住みなれたモロッコからダカールへ行ってしまったか、わたしは聞きそびれた。彼女自身もマダム・ミニョンも時おり誇らしげにかれのことに触れ、口にこそ出さないが、かれが娘のために身を隠したことをほのめかした。確かに二人はそうであってほしいと願っていた。父親が彼女をほったらかしていたのだから当然である。かれが彼女の住んでいる町を避けるようにして立ちのいた裏には、ともかくそれなりの仔細があったからである。母親のことは話題にならなかった。わたしは母親がまだマラケシュで暮らしているという印象を受けたが、母親のことは別に自慢していなかった。ことによると、母親は貧しかったか、あるいはその職業があまり芳しいものでなかったのかもしれないし、イタリア人というものを尊敬していなかったのかもしれない。ジネットはイギリス訪問を夢みていた。この未知の国に彼女の心は強くひかれたのである。もっとも、彼女はどこへでも、イタリアへでも行ったであろう。彼女は自分をモロッコから連れだしてくれる騎士《ナイト》を待っていたのである。酒場ががらんとしている時刻には、彼女は格別胸をわくわくさせて待っているような風情であった。彼女の坐っている高い椅子から扉までの距離は三米《メートル》あったろうが、この扉が開くたびに、彼女はいつもさながら眼に一撃を受けたように、思わずひるんだ。

初めてわたしがジネットに目を引かれたとき、彼女はひとりではなかった。彼女よりももっとごてごてと着飾った、めめしい感じのひどく若い男と並んで坐っていた。かれがモロッコ人であることは、その大きな黒い眼と褐色の顔色でわかった。彼女はかれとじつに仲がよく、しばしば二人はいっしょに酒場へやってきた。わたしは二人を愛人同士に違いないと思い、二人についてある程度聞き知るまえに、よく二人を観察した。かれはいつもまるでカジノからここへ直行してきた人のように見えた。かれは服装の点でフランス的な習慣にすっかり順応していただけではない。かれは人前でジネットにおおっぴらに愛撫させたが、このようなことはアラブ人のあいだでは最大の恥辱と考えられていた。二人ともよく飲んだ。二人は時おり第三者を介在させたが、この男は年の頃三〇歳ぐらいで、かれよりいささか男らしい趣きがあり、かれほどめかしこんでもいなかった。

ジネットが初めてわたしに言葉をかけたとき——わたしをイギリス人と思いこんだので、かなりはにかみながら——、彼女はカウンターの前に坐っていた。わたしは彼女の右隣りに坐り、例の若い男は彼女の左隣りにいた。彼女はわたしの友人たちがマラケシュで撮影中の映画の進捗ぶりを尋ねた。それは彼女にとって些細な事件とはいえなかった。わたしはじきに気がついたが、彼女はぜひともこの映画に出演したかったのであろう。わたしは彼女のいろんな質問に丁重に答えた。マダム・ミニョンは、自分の最良の女友だちとわたしの二人がついにめぐり会ったことを喜んだ。われわれはしばらく談笑し、それから彼女は左隣りにいる若い男をわたしに紹介した。彼女はかれと結婚していたのである。思いがけないこの事実にわたしは驚いた。彼女たちはすでに一年前から同棲していた。二人いっしょにいるのを見ると、まだ新婚旅行中といった印象を受けた。しかしジネットはひとりきりで坐っているときには、いつも人待ち顔に扉の方を見つめていた。そんなとき、彼女がきてほしいと願っている相手は決して夫ではなかった。わたしは気のきいた冗談にまぎらせて、彼女からその生活ぶりを聞きただし、彼女たちが夜中の三時に酒場から帰宅しておそい夕食をとることを知った。彼女たちは朝五時ごろ床に就き、午後おそくまで眠った。

彼女の夫はどんな仕事をしているのか、とわたしは尋ねた。「何もしてませんわ」と彼女はいった、「あの人には父親がいます。」じっと聞いていたマダム・ミニョンは、この答えに意地の悪い薄笑いを浮かべた。褐色の顔をした、めめしい感じの若者は、はにかみながら微笑した。もっともその際美しい歯をいっぱいむき出したが。かれの虚栄心はどんなことにも、どんなに辛い困惑にもへこたれないほど強かった。われわれは互いに酒をおごり、言葉をかわすにいたった。わたしはかれが見かけどおり贅沢に慣れていることに気づいた。わたしはかれに、どのくらいフランスで暮らしたかと尋ね、どう見ても立派なフランス人だといってやった。「暮らしたことはありません」とかれはいった。「モロッコから外へ出たことはありません。」パリへ行きたいとは思いませんか？——いいえ、行きたいとは思いません。イギリスへ行きたいとは思いませんか？——いいえ、全然思いません。——いったいどこへ行きたいのですか？——いいえ、行きたくありません——かれはまともな意志をもたぬ人みたいに、すべての質問に弱々しく答えた。わたしの感じでは、かれの敢えて触れなかったある事情が、かれをこの土地に釘づけにしているある事情が、ほかにあるに違いなかった。それがジネットのことであるはずはなかった。彼女はこの土地でなければどんなところでもまだましだ、と公言していたからである。

これほど個性がなく、ありふれて見える夫婦は、わたしにとって依然謎めいていた。わたしは彼女たちの姿をこの小さな酒場で毎晩のように見かけた。酒場にやってくる外人たちのほかに、彼女たちの興味をひくものがもうひとつあった。マダム・ミニョンのレコードである。彼女たちがきまってリクエストする歌があった。そのうちの何枚かはひどく気に入っていたので、六回もつづけてかけられた。そんなとき彼女たちはリズムが足に伝わって自然に動きだし、カウンターと扉のあいだのせまい場所でダンスを始めた。彼女たちは身体をぴったりくっつけていたので、見ている方はいささか具合が悪かった。ジネットはこの種の世にも親密なダンスを喜んでいたが、人前を気にして、夫のことで不平を鳴らした。「あの人はひどいわ。ほかのダンスはしようとしないの。あたし何度も頼んだわ。あの人はこういうの、ほかのダンスなんかできないって。」それから次のダンスが始まった。一曲踊りおえるたびに、彼女は一度でもレコードをかけ忘れることがないよう細心の注意を払った。わたしは試みに、ジネットの心をひきつけるどこかよその土地にいる彼女を、彼女がそこで同じ相手と同じ時刻に全く同じ生活を営むところを想像してみた。すると、彼女がロンドンで同じレコードの伴奏で踊っている光景が彷彿とした。

ある晩、わたしが酒場にひとりでいると、ジネットが気に入ったか、とマダム・ミニョンが尋ねた。わたしは当意即妙にこう答えた。「気立てのいい娘《こ》ですね。」

「彼女がどう考えているのか、もうわからなくなりましたわ！」とマダム・ミニョンはいった。「彼女が今年どんなに人が変ってしまったか、ご存じだといいんですが！　彼女は不仕合せなんです、かわいそうなひと！　かれなんかと結婚してはいけなかったのに。土地の男《ひと》はみんな悪い夫ですわ。かれの父親は金持ですし、かれは良家の出です、これは本当ですわ。でも、父親はかれを勘当しました、ジネットと結婚したからです。彼女の父親は彼女に愛想をつかしました、アラブ人と結婚したからです。今二人とも無一物なんです。」

「ところで、かれは働かない、父親はかれに何もしてやらないとなると、いったい二人はどうやって暮らしているんですか？」

「ご存じないんですか？　かれの友人が誰か、ご存じないんですね？」

「ええ、そんなことわたしが知る由もないでしょう？」

「その男がかれらといっしょにここに坐っているのを、ご覧になったじゃありませんか。グラウイーの息子ですわ。かれはこの同性の愛人です。関係はもう長いことつづいています。グラウイーは今息子に腹を立てています。グラウイーは女のことでは文句をいいません。息子たちが妻を好きな数だけ娶ることを望んでいます。でも相手が男であることは許せないのです。二、三日前に息子をよそへやりました。」

「すると、ジネットの夫はそういうことをして暮らしを立ててきたのですか？」

「ええ。そのうえ彼女の力ぞえもありますからね。かれは彼女に金持のアラブ人たちと寝るよう強要するんです。とりわけグラウイーの息子の屋敷にジネットを好いている男がひとりいます。もう若くはないけれど、金持なんです。彼女は最初はこの男をいやがりましたが、彼女の夫が無理じいしたのです。今では彼女も男になじむようになりました。このごろ彼女たちはよく三人で寝たりしますわ。彼女の夫は彼女がいやがると殴ります。もっとも、今では殴るのは彼女をほかの男と寝かせる場合だけですが。かれはとても焼き餅やきなんです。彼女を、ちゃんと代金を払う男としか寝かせませんわ。彼女が客に好意を寄せたりすると、かれは痴話喧嘩を始めます。彼女が金銭ずくでも虫が好かない客とは寝たくないというと、かれは殴ります。とても気に入った客と彼女が金銭ぬきで寝ようとすると、かれは殴ります。それだけになおさら彼女は不仕合せといえますわ。かわいそうな娘《こ》です、自分のしたいことは何もできないんですもの。彼女は自分をここから連れだしてくれる男《ひと》を待っているんです。あたしは彼女がここから、抜けだすことができるようにと、彼女のために祈らずにはいられませんわ、かわいそうに。彼女はここでのあたしのたったひとりの友だちなんですが。彼女が行ってしまえば、友だちはひとりもいなくなりますわ。」

「グラウイーは息子に腹を立てている、というお話でしたね？」

「ええ、グラウイーはしばらくのあいだ息子をよそへやりました。息子が愛人のことを忘れるよう望んでいるんです。でも、息子は忘れられないでしょう。二人はとても馬が合うんですもの。」

「ところでジネットのファンの方は？」

「この男も行ってしまいましたわ。いっしょに行かなければならなかったんです。何といっても、グラウイーの息子の屋敷の者ですからね。」

「二人とも今はいないわけですね？」

「ええ。彼女たちにとっては大打撃ですわ。今彼女たちは無一文なんです。借金して暮らさなければなりません。でも、それもまもなく終るでしょう。グラウイーは前にも二、三度二人の仲を引き裂こうとしました。息子はいつも戻ってきます。息子はがまんできないんですわ、長いことジネットの夫と離れていることがまんできないんです。二、三週間後にはまたやってきます、それで父親も結局妥協してしまうんですわ。」

「それで、また万事うまく行くようになるのでしょう。」

「ええもちろん、すぐまたそうなります。心配ないですわ。今そのことでかれも彼女もちょっといらいらしているだけのことです。かれはその間《かん》のつなぎに適当な誰かを物色しようとしているんですわ。それでかれはあなたと話したわけです。かれは最初自分がお相手をするつもりでしたが、あたしかれにいってやりましたの、お門違いよって。あなたはかれにはもったいなさすぎると思います。ジネットはお気に召しまして？」

　このときになって初めてわたしは、金持と思われていたばっかりに、とんだ羽目におちいっていたことを覚りはじめた。しかしある意味では、わたしはマダム・ミニョンに申しわけないことをしたわけである。

「誰かが彼女をここから連れだしてくれるといいんですけど」と彼女はいった。「ジネットにあげるんでしたら、金銭《おかね》はかれに渡さないでくださいな。右から左へ消えてしまいますし、かわいそうなあの娘《こ》は救われません。彼女はかれといっしょでは貯金もできないでしょう。かれは彼女から何もかも取りあげてしまいます。すぐ彼女といっしょにお発ちになってください。彼女はあたしにいいましたわ、あなたさえよろしければ、自分はついて行くって。かれは出て行くことはできません。何といっても結局かれはグラウイーの息子の家来に違いないんですもの、そう簡単に出て行くことはできませんわ。パスポートも手に入りっこないでしょう。あの娘《こ》はとても気の毒ですわ。日ましにだめになって行くみたいです。一年前に彼女をご覧になればよかったのに、蕾のようにそれはそれは新鮮でしたわ。彼女に今必要なのはいたわりと理性的な生活です。彼女はイギリス人ですものね。もちろん父親似ですわ。そのうえ彼女はとてもかわいいんです。誰もこんなこと全然信じないかもしれませんけど。彼女はイギリス人だとお思いになりましたか？」

「いや、思いませんでした」とわたしはいった。「あるいはそう思ったかもしれません。ことによると、彼女は上品だからイギリス人に違いないと思ったかもしれませんが。」

「そうでしょう」とマダム・ミニョンはいった。「彼女には上品なところがありますわ。イギリスの女の方たちのように。あたし自身はイギリスの男の方たちが嫌いです。あの人たちは物静かすぎると思いますわ。あなたのお友だちをご覧なさい！　そこに七、八人で一晩じゅう坐っているでしょ。物音ひとつ聞こえませんわ。だから気味が悪いんです。殺人淫乱症の男が猫を被《かぶ》っていないかどうか、わかったもんじゃありませんわ。でもアメリカ人たちと比べればね――あの連中はなおさらいやですわ。野蛮人ですもの。あたしのゴム製の警棒はご覧になりました？」彼女はカウンターの奥から例の警棒をとりだすと、二、三度振りおろした。「これはもちろんアメリカ人に使うために置いてるんです。いっておきますけど、これはもうずいぶんと役に立ちましたわ！」

見えざる者

黄昏のなかを、わたしは町の中央にある大広場へと歩いて行った。わたしがこの広場に探し求めたものは、なじみ深いその多彩と活気ではなかった。わたしが探し求めたものは、ひとつの声とすらいえぬ、ただひとつの音から成る、地面の上のある枯草色の小さな包みであった。低く長く引っ張った「エーエーエーエーエーエーエーエー」という唸りであった。それは弱まることもなく、強まることもなく、止むこともなかった。広場のあらゆる雑多な呼び声や叫び声の背後に、それはいつも聴きとれた。ジアーミア・ル・ファナーのもっとも不変な音であり、夜もすがら、夜ごと変らぬいつもの音色であった。

すでに遠くにいるうちから、わたしはそれに耳を傾けた。ある不可解な不安がわたしをそこへ駆りたてるのであった。いずれにせよわたしはその広場へは行くつもりであった。そこにある夥しいものが、魅惑的だったからである。その広場と、そこにある一切のものを再び目にするであろうことを、わたしは夢にも疑わなかった。ただひとつの音に還元されてしまったこの声に対してだけ、わたしは不安のようなものを感じた。この声は生きものの名に値いするぎりぎりの線で辛うじて生きていた。この声を生みだしている生命は、この音以外のいかなるものからも成り立っていなかった。わたしは恐るおそる熱心に耳を澄ますと、歩きだし、途中の一地点に、昆虫の羽音《はおと》のような「エーエーエーエーエーエーエーエー」という唸りを突然耳にする場所に、いつも寸分たがわず達した。

わたしは、ある不思議な安らぎが身内にしみわたるのを感じた。これまで足どりもいささかためらいがちで覚つかなかったわたしが、そのときは突然断固としてその音に向って突き進んだ。わたしは音がどこから生じているか知った。一枚の黒ずんだ粗い布のほかに何ひとつ見ていなかった枯草色の小さな包みを、地面の上にこの目で見た。わたしは「エーエーエーエー」という音がもれ出る口をついぞ見たことがなかった。眼も、頬も、あるいは顔のどんな部分もついぞ見たことがなかった。この顔が盲人のそれであったか、あるいは目が見えたか、と聞かれても返答に窮したろう。その枯草色の襤褸は頭巾のようにすっぽり頭にかぶさり、何もかも蔽いかくしていた。この生きもの——生きものには違いなかった——は、地面にうずくまり、布きれのなかの背中を曲げたままであった。生きものらしい気配はほとんどなく、見るからに軽く弱そうであったが、察しのつくのはこれだけであった。それの背丈がどの位あるかわからなかった。それが立っているところを一度も見かけなかったからである。それは地面にあまりに低くへばりついていたので、もし例の音が止むようなことになれば、うっかりしてそれに躓く者がでてこよう。わたしはそれがやってくるところを見なかったし、それが立ち去るところを見なかった。それが誰かに運ばれてきてそこへおろしてもらったのか、あるいは自分の足で歩いてきたのか、わたしにはわからない。

それが自ら選んだ場所は、どう見ても安全とはいえなかった。そこは広場のなかでもっとも開放的な部分であり、枯草色の小さな包みのまわりには絶えまない人の往き来が見られた。賑わう晩ともなれば、それは人びとの足の下に消えてしまい、よしんばわたしがそれの居場所を正確に覚えていて、その声を片時も聞きもらさなかったとしても、それを見つけだすのは容易ではなかったろう。しかしそれから群衆は四散した。広場のあたり一帯に人っ子ひとりいなくなったときにも、それは姿勢を崩さなかった。誰かが人知れず始末しようと、群衆のなかに捨てておいたひ

ど く汚ならしい古着のように、それは暗がりのなかにひっそりといた。しかし今は群衆は四散して人影はなく、この包みだけがぽつんとあった。それがひとりで立ちあがるか、誰かが連れにくるまで、わたしは待たなかった。わたしは暗がりのなかへこっそり逃げこんだ。喉を締めつけるような無力と誇りを感じながら。

無力はわたし自身にかかわるものであった。例の包みの秘密を嗅ぎつけるために、自分が何らかの行動に出ることはありえぬだろうという気がしたのである。わたしはその姿を恐れはばかった。別の姿など想像もできなかったので、わたしはそれを地面にほうっておいた。それに近づくときにはいつも、躓かぬよう用心した。それを傷つけおびやかしはしないかと、心配だったのである。それは夜ごとそこにいた。夜ごと、例の音を始めに聞きつけるたびに、わたしはどきりとした。それを目にとめるたびに、またまたどきりとした。それの往復する道は、わたし自身の往復する道よりもはるかに神聖なものに思えた。わたしはそれの跡をつけるようなまねはしなかったし、それが夜の明けそめるまでどこに消えていたかも知らない。それは稀有なる存在であった。それは自分でもそう思っていたのかもしれない。時にはわたしも、一本の指でその枯草色の頭巾にそっと触れてみたい誘惑を覚えないわけでもなかった——それはこうした気配を悟ったに違いないし、ひょっとすると、これに応える第二の音を備えていたかもしれない。しかしこの誘惑は、わたしの無力感のなかでいつも急速に萎えた。

こっそり逃げだす際にもうひとつの感情——誇り——がわたしの喉を締めつけた、と先に書いた。この包みが生きているから、わたしはそれを誇りに思ったのである。それが他の人びとの足もと深く埋れて息をしながら何を思っていたか、わたしには決してわからないであろう。それの叫び声の意味は、わたしにとって、それの存在全体と同様、依然として謎であった。とはいえ、それは生きていたし、毎日自ら時を選んで再びそこにいたのである。それが人の投げ与える硬貨を拾いあげるのを、わたしは一度も見なかった。硬貨を投げ与える者はほとんどいなかったし、それの前にはいつも硬貨が二枚か三枚ころがっているだけであった。ひょっとすると、それには、硬貨を摑もうにも肝心の両腕がなかったのかもしれない。それには「アッラー」の「ル」の音を出そうにも肝心の舌がなかったのかもしれない。神の名はそれにとって、縮められて「エーエーエーエー」という音になったのである。しかしそれは生きていた。それは比類なく倦まず弛まずおのれの唯一の音を出したし、何時間も出しつづけた。ついにそれがこの大広場全体にあって唯一の音、ほかのあらゆる音のあとに生きのこる音と化してしまうまで。

訳者あとがき

本書は Elias Canetti : Die Stimmen von Marrakesch. Aufzeichnungen nach einer Reise ; Reihe Hanser 1. Carl Hanser Verlag, München 1968. の全訳である。同年中に出た第二版を翻訳底本とした。原著はすでに五版を数え、カネッティの著作としてはもっともよく読まれており、七〇年にオランダ語訳が、七二年にはハンガリー語訳が刊行されている。

五四年早春、カネッティは、たまたまモロッコの古都マラケシュにおいて映画を製作中の友人の招きに応じて、同地に旅し、数週間滞在した。帰国後ただちに本書を執筆、その一部を『ヴォルト・イン・デア・ツァイト』、『ノイエ・ルントシャウ』、『リテラトゥーア・ウント・クリティーク』各誌に発表している。

因みにマラケシュは、カサブランカ、ラバトに次ぐモロッコ第三の都邑で、人口は三〇万を数える。モロッコの名がマラケシュに由来し、この町が古都をもって称されるのは故なしとしない。すなわち、上古ベルベル人の国であったモロッコは、七世紀後半アラブ人の北アフリカ侵入によってイスラム化され、七八八年マホメットの子孫がモロッコにおける最初のイスラム王朝たるイドリス朝をフェスに開く。一〇六二年の創建になるマラケシュは、モロッコ王朝史上最大の栄光に輝くムラビト朝（一〇五三―一一四七）とムワヒド朝

（一二二五―一二四八）の首都であり、この時代モロッコはスペイン南部、アルジェリア、テュニスを併せ、エジプト国境より大西洋岸に至る全域を平定して、イスラム世界の西方の雄となったのである。往古の栄光に生きるモロッコでは、現在もアラビア語が公用語であり、独自のアラビア語会話体、つまりモロッコ方言は中近東の言葉とはかなり異なり、アラブ人同士さえ互いに意志の疎通が困難なほどであり、文盲率七割、話される言葉の世界を今なお維持している（もっとも、ほとんどのモロッコ人はフランス語を解する）。

カネッティは〈ある旅のあとの断想〉という副題をもつ本書の形式について、原書の袖に次のように書き記している。

「見知らぬ土地を、ことにわたしがその言語を解さぬ人たちの住む土地を旅するのは、わたしが平素規則的に、もともと日々書きとめている『断想』を中断せざるをえぬ唯一の時期にあたる。あまりにも多くのものが一時《いちどき》に旅人めがけて襲いかかり、しかも、もろもろの新しい印象はいずれも鮮烈であるから、それらを文字に立てて記すことができない。旅人はそうした一切が何を意味するか、すぐに知ることは到底できないし、理解しうる僅かな部分は、はるかに多くのものを含んでいるから、書きとめるに値いしない。旅人が再びわが家に、あのなじみある古い環境に戻るやいなや、たちまち新しいものが念頭に浮かび、旅の第二の、恐らく旧にまさって興味ある部分が芽生えてくる。迅速な、何ものによっても中断されぬ書き下しの裡で、旅人はおのれの苦しい無感覚状態から解放される。わたしの場合、この種の書き下しの際には、新しい人物群を編み出すことが眼目ではないという点で、小説とは趣きが異なる。つまり、小説にあっては、《現実》は、種類を全く異にする形象のための単なる口実としてのみ役立つのであり、固有の諸法則にしたがう新しいひとつの世界が問題なのである。『断想』は体験されたことに依拠し、体験されたことを改変しようとせず、体験されたことの特別な意味に固執する。したがってまた、『断想』はその本来の形式を何ら損わぬように保持しておくことが当を得ており、ある新しい作品を執筆したいという誘惑が差し迫りだした場合には、当の『断想』の書き下しを中止するのである。」

カネッティのマラケシュ体験はすぐれて「聴覚上のアラベスク」世界の体験である。カネッティはマラケシュ滞在中、アラビア語もベルベル語も、この地にかかわる知識も「敢えて」習得せず、「わたしは音自身の欲するままに、音そのものによって摑まれたかった」という。異文化との接触に際して起こるいわゆる〈カルチュラル・ショック〉の渦中に自ら進んで身を投じたカネッティの直面するのは、人間の声の力が、話される言葉、叫び、呟き、歌、身振り、踊りといった、いまだ身体的自然＝肉体的存在の次元に分かちがたく繋がれた形態をとって、本源的な直接経験や深甚な情緒をあらわす呪術的世界である。〈見る者〉は主体と客体とのあいだに距離を置き、いわば一切を対象化するが、〈聞く者〉は主体と客体の距離を没して、いわば主客一如となる。それは意識の深層に何ものかを喚起する感動の体験である。感動しているカネッティはその感動を即座にそのすべての深さにおいて的確に表現すべき言葉を知らぬ。旅から帰り、日常的時間に復帰したカネッティの意識を通過して、なおますます新鮮な姿と輝きを帯びて浮かびあがる記憶の残像に導かれて、体験のうちに開示されたものを探る新しい旅が始まる。本書はその記録である。

その叫びの境界がおのれの世界の境界と化した盲人の乞食たち（「盲人の叫び」）、カネッティの名前を口誦することによって、その担い手の実存を全体包括的に知覚する老ユダヤ人（「ダッハン家」）、聴衆の頭上に「生命」を、「古い、まだ足を踏み入れたことのない生の飛び地」を喚びさます広場の講釈師たち（「語り手と書き手」）、生きている唯一の証しとしての、もはや言葉とも名づけえぬような音を発しつづけ、さながら気息《プネウマ》と化して宇宙の大気《アエール》と融合した、広場の乞食（「見えざる者」）。かれらの、人間の全存在を凝集的に負荷したような言葉のうちに、カネッティは失なわれた原初の言語の顕現《エピファニア》を体験する。またカネッティは市場やユダヤ人街の広場で、人間が他者との、事物との親密な諸関係のうちで、おのれを真に位置づけうるような身近な空間を、人間の魂の始源のふるさとを見出す（「「スーク」、「ミッラ訪問」、「パン選び」）。また望みなき現在の生活から自分を救いだしてくれる騎士《ナイト》の出現を毎日酒場で待ちつづける若い娘（「シェーラザード」）、米軍基地の〈皿洗い〉のポストを得ることに憑かれている若い男（「ダッハン家」）、道ゆく人びとにやさしい愛撫の言葉を贈りつづける若い狂人の女（「格子窓の女」）、世にも悲惨な驢馬になお残された唯一の性の喜び（「驢馬の悦楽」）のうちに人間の生への憧憬を原型的にとらえる。

見事な多層的な物語集を思わせる本書を底流するのはカネッティの死の意識である。この意識こそマラケシュをして、カネッティにとっての内的なマラケシュたらしめたものである。見せかけの「平和な夕まぐれの絵」の背後にひそむ、永遠の脅迫者たる死（「駱駝との出会い」）、荒涼たる共同墓地の絶対無としての死の「月明風景」（「ミッラ訪問」）。カネッティはかつて『ヘルマン・ブロッホ生誕五〇年記念講演』においてこう述べた。「死を甘受しようとする試みは――そして宗教とはそれ以外の何であろうか――水泡に帰した。死のあとには何も存在しないという認識、この完全には汲みつくしえぬような恐るべき認識は、生に新しい絶望的な神聖さを投げかけた。」死に対するシジフォス的な反抗をおのれの生存の唯一の理由とみなすカネッティが、マラケシュ体験において発見したのは、この「生の新しい絶望的な神聖さ」にほかならない。

翻訳について。Marrakesch はアラビア語では marrākush すなわち〈マッラークシュ〉であるが、わが国では一般に〈マラケシュ〉と呼びならわされているので、本書でもこれに従った。それ以外のアラビア語の表記はできるだけ現地の人の発音に近づけるように努めた。また原文のイタリック体の語には傍点を付し、訳註はすべて小活字二行組割註とした。なお本書中に散見するモロッコの地名については巻頭の略地図を参照されたい。アラビア語については、拓殖大学講師の飯森嘉助氏より御教示を賜わり、ヘブライ語については、イスラエル大使館文化情報室の滝川義人氏より御教示を賜わった。なお、訳稿完成が大幅に遅れたにもかかわらず、法政大学出版局の稲義人、藤田信行両氏からは、いつにかかわらぬ御配慮を受けることができた。ここに記して以上の方々に厚く御礼申し上げます。

岩田行一

訳　者

岩田行一（いわた こういち）

1930年生まれ。東京大学文学部ドイツ文学科卒業。東京都立大学名誉教授。2004年9月死去。
主な訳書：カネッティ『群衆と権力』（上・下），『断ち切られた未来』，『断想　1942–1948』，『救われた舌』，『耳の中の炬火』，『眼の戯れ』，『耳証人』，『マラケシュの声』，ドゥルーズ／ガタリ『カフカ』（共訳）〔以上，法政大学出版局刊〕，ほか。

マラケシュの声——ある旅のあとの断想

1973年11月30日　　初版第1刷発行
2004年12月10日　新装版第1刷発行
2025年1月20日　改装版第1刷発行

エリアス・カネッティ
岩田行一 訳
発行所　一般財団法人　法政大学出版局
〒102-0071 東京都千代田区富士見 2-17-1
電話03（5214）5540 振替00160-6-95814
製版，印刷：三和印刷／製本：積信堂

Printed in Japan

ISBN978-4-588-12021-3

エリアス・カネッティの著作

群衆と権力（上・下）　岩田行一訳
もう一つの審判　カフカの「フェリーツェへの手紙」　小松太郎・竹内豊治訳
眩　暈（めまい）　池内　紀訳
マラケシュの声　ある旅のあとの断想　岩田行一訳
断ち切られた未来　評論と対話　岩田行一訳
戯曲　猶予された者たち　池内　紀・小島康男訳
断　想　一九四二―一九四八　岩田行一訳
耳証人　新・人さまざま　岩田行一訳
救われた舌　ある青春の物語　岩田行一訳
耳の中の炬火　伝記一九二一―一九三一　岩田行一訳
眼の戯れ　伝記一九三一―一九三七　岩田行一訳
蠅の苦しみ　断想　青木隆嘉訳

V・カネッティ　黄色い街　短篇集　池内　紀訳

法政大学出版局刊